「消し飛ばしてあげる！　私の最大出力で！」
「星も月も、自ら輝くことのできない存在が、太陽に代われると思うな！」
Shanorotte Gregory
ネビュリス三血族の一つ、ゾア家の星霊使いでありスパイとして帝国に潜入していた元隊長。帝国に復讐すべくミゼルヒビィと手を組む

ミゼルヒビィ・ヒュドラ・ネビュリス9世
Mizerhyby Hydra Nebulis IX
ネビュリス三血族の一つ、ヒュドラ家の次期女王候補の王女で、『光輝』という特殊な星霊を宿している。屈辱を晴らすべく、帝国へと進軍する
「……アタシ、ノロちゃんのこと嫌いになれないんだよ」
ミスミス・クラス
ismis Klass
帝国軍機構Ⅲ師第907部隊の小隊長。元同僚であるシャノロッテとの邂逅は、彼女に何を齎すのか

キミと僕の最後の戦場、あるいは世界が始まる聖戦14

細音 啓

ファンタジア文庫

3262

口絵・本文イラスト　猫鍋蒼

キミと僕の最後の戦場、あるいは世界が始まる聖戦 14

the War ends the world / raises the world

So Se ris, Ec wision nes ria fe
あなたの輝きは誰のため

elmei xel lihit Ec flow. Uhw kis lin song-pilis flow
この世すべての星があなたの光を求めてる。この世でもっとも気高き光を

Shie-la So nec kfen. Fert Ez ema siole pil
だから間違えないで、あなたが真に誇れるものを

機械仕掛けの理想郷

「天帝国」

イスカ
Iska

帝国軍人類防衛機構、機構Ⅲ師第907部隊所属。かつて最年少で帝国の最高戦力「使徒聖」まで上り詰めたが、魔女を脱獄させた罪で資格を剥奪された。星霊術を遮断する黒鋼の星剣と、最後に斬った星霊術を一度だけ再現する白鋼の星剣を持つ。平和を求めて戦う、まっすぐな少年剣士。

ミスミス・クラス
Mismis Klass

第907部隊の隊長。非常に童顔で子どもにしか見えないがれっきとした成人女性。ドジだが責任感は強く、部下たちからの信頼は厚い。星脈噴出泉に落とされたせいで魔女化してしまっている。

ジン・シュラルガン
Jhin Syulargun

第907部隊のスナイパー。恐るべき狙撃の腕を誇る。イスカとは同じ師のもとで修行していたことがあり、腐れ縁。性格はクールな皮肉屋だが、仲間想いの熱いところもある。

音々・アルカストーネ
Nene Alkastone

第907部隊のメカニック担当。兵器開発の天才で、超高度から徹甲弾を放つ衛星兵器を使いこなす。素顔は、イスカのことを兄のように慕う、天真爛漫で愛らしい少女。

璃洒・イン・エンパイア
Risya In Empire

使徒聖第5席。通称「万能の天才」。黒縁眼鏡にスーツの美女。ミスミスとは同期で彼女のことを気に入っている。

魔女たちの楽園

「ネビュリス皇庁」

アリスリーゼ・ルゥ・ネビュリス９世
Aliceliese Lou Nebulis IX

ネビュリス皇庁第２王女で、次期女王の最有力候補。氷を操る最強の星霊使いであり、帝国からは「氷禍の魔女」と恐れられている。皇庁内部の陰謀劇を嫌い、戦場で出会った敵国の剣士であるイスカとの、正々堂々とした戦いに胸をときめかせる。

燐・ヴィスポーズ
Rin Vispose

アリスの従者。土の星霊の使い手。メイド服の下に暗器を隠し持っており、暗殺者としての技能も高い。表情が乏しく何を考えているか分かりづらいが、胸の大きさにはコンプレックスがある。

シスベル・ルゥ・ネビュリス９世
Sisbell Lou Nebulis IX

ネビュリス皇庁第３王女で、アリスリーゼの妹。過去に起こった事象を映像と音声で再生する「灯」の星霊を宿す。かつて帝国に囚われていたところを、イスカに助けられたことがある。

仮面卿オン
On

ルゥ家と次期女王の座を巡って争うゾア家の一員。真意の読めない陰謀家。

キッシング・ゾア・ネビュリス
Kissing Zoa Nebulis

ゾア家の秘蔵っ子と呼ばれる強力な星霊使い。「棘」の星霊を宿す。

ミゼルヒビィ・ヒュドラ・ネビュリス９世
Mizerhyby Hydra Nebulis IX

ヒュドラ家の次期女王候補の王女で、『光輝』という特殊な星霊を宿す。

イリーティア・ルゥ・ネビュリス９世
Elletear Lou Nebulis IX

ネビュリス皇庁第１王女。外遊に力を入れており、王宮をあけていることが多い。

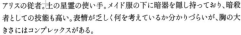

the War ends the world / raises the world

CONTENTS

Prologue.1　『腑《ふ》抜《ぬ》けな王女と呼ばれて』

〝イリーティアは『真の魔女』に進化する。誰にも止められない存在に〟
〝対抗策？　一つだけあるよ〟
〝星の災厄は、万物に対して災厄なのさ。たまたま彼女《イリーティア》は耐性が高かったに過ぎない。
だから——彼女《イリーティア》が耐えられる限度を超えた濃度を注入する〟
〝原液だよ〟

大陸北端の地。
星の中枢へと続く、太陽航路《グレゴリオ》と名付けられた大空洞を目の前にして——
『〜〜〜〜〜〜〜〜〜〜〜っっっ⁉』

　魔女《イリーティア》の絶叫がこだまする。

　帝国の狂科学者ケルヴィナから託された原液の小瓶《アンプル》。

　それが、戦況を変えた。

「過剰投与《オーバードーズ》だ。イリーティア君、君が適応できる限界を超えた力が、君の肉体で暴れだす。災厄は、君の味方ではないのだよ」

　太陽の当主タリスマンが、空の注射器を投げ捨てる。

　その先には、原形を保てず崩れていく魔女《イリーティア》。

　のたうち回りながら四肢が千切れ、黒い霧になりつつある。この黒い霧こそが魔女《イリーティア》の真の姿に違いない。

『……ッッ！』

　黒い気流がぐるぐると宙で渦を巻き始める。

　繭のように。いま魔女《イリーティア》は、人間形態を維持する力さえ惜しみ、「存在」だけに力を注いでいるのだ。

　消滅か、存続か。

「耐えられまいよ」

その足掻《あが》きを踏み潰すがごとく、タリスマンの言葉が突き刺さった。

淡々と。

「災厄の力を抽出した原液だ。たとえ君であっても消滅以外の未来はない」

『――――――――……いい……え……』

その瞬間。

黒い繭と化したイリーティアから上がった声は、悲鳴ではなく咆吼《ほうこう》だった。

『……一人では……寂しいですわ！』

ゾワッ。

黒い繭の表面が波打つや、触手のような黒く細長い腕が飛びだした。それがタリスマンの首めがけて絡《から》みつく。

「なにっ⁉」

『付き添い《エスコート》を。共に絶望を味わいましょう！』

摑《つか》まれたタリスマン。

黒い気流でできた繭の中へ、有無を言わさず引きずり込まれて。

当主《タリスマン》と魔女《イリーティア》。

黒の繭の内側から、二人分の、この世の終末じみた絶叫が弾《はじ》けた。

太陽の王女ミゼルヒビィは、呼吸さえ忘れ見つめていた。

その一部始終を――

「……叔父さま!?」

当主はどうなった？

イリーティアの繭の内部は？　あの奥で何が起きているというのだ？

「ヴィソワーズ！」

「……あたしにわかるわけないでしょ、王女サマ」

後方には魔女ヴィソワーズ。

紅玉《ルビー》のように凝固した髪に、ガラスのように透けた肉体の怪物。

ヴィソワーズも災厄の力で魔女化した一人だが、そんな彼女さえ呆然《ぼうぜん》としている。

「……でも当主の勝ちのはずなんだ。災厄の力を原液で注入された以上、化け物《イリーティア》だって耐えられるわけがない。ボロボロになって消滅するはず……」

その瞬間、絶叫が。

断末魔を思わせる二人分の声がこだまして――

繭が割れた。

卵が割れるように真っ二つになった繭が、黒い気流となって消滅していく。

霧が晴れた先には──

地面にうつ伏せに倒れたイリーティア。そして背中を向けて棒立ちのタリスマン。

魔女《イリーティア》が倒れて。

当主《タリスマン》は立っている。

『……恐ろしい男《ひと》』

イリーティアの擦《かす》れ声。かろうじて人間の形を保っているが、その腕や足がみるみると薄い煙となって千切れつつある。

崩壊しつつ、ある。

誰の目からも瀕死《ひんし》であるのは明らかだ。

『……だからあなたとは……戦いたくなかったのです……』

ずるずると魔女《イリーティア》が這《は》い始める。

ゆっくり、ゆっくり。こちらから遠ざかる方角へ。

逃げる気か？

この先には星脈噴出泉《ボルテックス》。あの大穴から転落すれば、逃げることと星の中枢へ向かうことの二つを同時に達成できてしまう。が――

「……叔父さま？」

ミゼルヒビィがそれ以上に気がかりなのは、太陽の当主タリスマンだ。

背を向けたまま棒立ち。

なぜだ？

目の前で魔女《イリーティア》が地面を這っている。このまま歩いていって首根っこを捕まえれば、トドメを刺すことも容易なのに。

『本当に残念』

魔女《イリーティア》がぐるんと顔をこちらに向けた。

目も鼻も口もない怪物。

だがこちらを見ているのが不思議とわかる。その異様さに全身が怖気《おぞけ》だち、ミゼルヒビィは「ひっ⁉」と飛び退《との》いていた。

『タリスマン卿《きょう》……あなたの不運は、あなたに匹敵する才能がいなかったこと。この場にあなたが二人いれば私は敗れていた。こんな腑抜けな王女が跡取りで、あなたは内心さぞ落胆していたことでしょう』

「っ！」

『なんと勇敢で聡明《そうめい》な当主。それに比べて王女といったら、今の私にさえトドメを刺せず怯《おび》えてばかり』

ずる、ずるずる……と。

地を這いつくばる魔女《イリーティア》が、星脈噴出泉《ボルテックス》の縁に辿《たど》り着《つ》いた。

太陽航路《グレゴリオ》——

かつてヒュドラ家が発見した、星の中枢に続く大穴へ。

『あは、あははっ！　これが災厄の力……本当に凄《すご》い。この星の一番深くで本体に触れれば、もっと凄い力が手に入るのね』

「……待ちなさい！」

心を奮い立たせ、声を張り上げた。

魔女《イリーティア》は瀕死の身。この時を除いて仕留める好機《チャンス》はない。

「立ちなさいヴィソワーズ！　あの化け物を——」

「お前が座れ」

……とんっ。

脇腹から内臓を抉《えぐ》るような激痛に、ミゼルヒビィの意識が一瞬切れた。

「―――――っっっ！」

意識とは裏腹に、両膝がカクンと折れて地面に跪《ひざまず》く。

喉の奥から、猛烈な吐き気が。

「…………貴様……っ⁉」

混濁した視界のなか、自分を見下ろしていたのは赤毛の男だった。

甲冑《かっちゅう》と一体化したコートに、重厚な両手持ちの大剣。そんな特徴的な帝国兵は、ミゼルヒビィの知るかぎりたった一人。

「使徒聖ヨハイム……」

見覚えがある。

太陽《ヒュドラ》がイリーティアから提供された帝国軍の情報。その最高機密の一つに、使徒聖の名簿《リスト》があったからだ。そして理解した。

……なんて狡猾《こうかつ》な。

……イリーティアは、この時のために使徒聖の情報を私たちに流していたのね！

使徒聖の第一席ヨハイム。

この男には、帝国軍ではない別の顔があったのだ。

……イリーティアの忠犬！

……こんな配下がいることを、このギリギリの窮地まで隠し通していた！

激痛で声も出ない。

自分《ミゼルヒビィ》は起き上がれず、この状況ではヴィソワーズも迂闊《うかつ》に動けない。

「さすが太陽の当主」

ヨハイムが、片手でイリーティアを抱き上げる。

「想定通りの大苦戦だな」

『……ごめん……なさいヨハイム。手間をかけさせて』

弱々しく口にする魔女《イリーティア》。

それは奇妙な光景だった。強大無比な暴虐の魔女《イリーティア》が、ヨハイムには「ごめんなさい」と、あぁも素直な姿を見せるのか？

まるで凶暴な獣が、たった一人の飼育員にだけは懐《なつ》いているような。

この二人は――

いったいどんな関係だというのだ。

「落ちる」

ただそれだけ口にして、ヨハイムが巨大な落とし穴へと身を投じた。

片手に抱えたイリーティアごと。

星脈噴出泉《ボルテックス》『太陽航路《グレゴリオ》』――深く、深く、深く。星の中枢へ続く何十万メートルという穴を落ちていく。

「っ！……止められなかった」

逃げられた。

その事実を目の当《ま》たりにし、ミゼルヒビィは頰の内側を噛《か》みしめた。

――太陽《ヒュドラ》の計画は潰《つい》えた。

本来ならイリーティアが星の災厄と接触するより先に、自分たちが災厄まで到達するという計画だったのに。

考えうる最悪の展開だ。

「叔父さま！　どうしますか！」

「…………」

「イリーティアが災厄と接触すれば、あとどれほど「進化」するか想像がつきません！このままでは……叔父さま？」

当主から返事はない。

背を向けたまま立ち尽くしている。

おかしい。

なぜだ当主、なぜ何一つ言葉を発さない。いよいよもって不穏すぎる。ミゼルヒビィが
ヴィソワーズと顔を見合わせた、その直後。

「────触れた」

金髪の偉丈夫が、喋《しゃべ》った。

まだ後ろを向いたままだが、いつもの朗らかな声色で。

「私は、この世でもっとも大きな知と力に同時に触れたのだよ」

「……叔父さま？」

何を言っている？

当主らしからぬ不明瞭な言葉だが、今は言葉の端々を気にかける時ではない。意識が戻
っただけでも何よりだ。

「叔父さま！　ご……ご無事なら何よりですわ。お怪我《けが》は……」

「ケガ？　ケガなどあるわけがない。あったとしてもどうでもいい」

「そ、そうですよね！　今は一刻も早く──」

「なぜならば」

金髪の偉丈夫が振り返った。

その顔の左半分が黒い筋繊維に覆われ、目が二倍ほどに肥大化した姿で。

「私は『至った』のだから！」


「っっっっ⁉」

悲鳴が。

衝撃と嘆きと悲愴《ひそう》と怒りが混じった悲鳴が、ミゼルヒビィの喉から漏れた。

何だ。

何だ当主、その姿は！

「っ、アレか……⁉」

ヴィソワーズが指さした。

変貌したタリスマンの首筋に、イリーティアの黒い触手らしきものが刺さっているではないか。

「イリーティア⁉　まさかそういう事なのか……自分一人では災厄の力を受けきれない。

だから当主に過剰分を注入しておっ被せた！」

猛毒を半分こ。

だからこその「共に絶望を」という言葉。だからこそ魔女《イリーティア》はタリスマンを繭の中に引きずり込んだのだ。

災厄の力を無理やり押しつけるために。

「……叔父さま！」

ミゼルヒビィの前で、金髪の偉丈夫は力強く立っている。

顔の半分こそ異形になりかけているが。

「叔父さま、意識は確かですか……その顔は……！」

「何一つ心配いらないよミズィ」

朗らかに笑み、肩をすくめる当主。

何一つ変わらない紳士然とした態度。その姿に、僅かながらも安堵《あんど》しかけて――ミゼルヒビィの心臓は恐怖で凍りつきかけた。

「私は……わ、わ、私は………」

ぎょろぎょろ、と。

肥大化した左目が、まるで別の生き物じみて蠢《うごめ》き始めたではないか。

災厄に乗っ取られかけている。

「王女！」

引き攣《ひ　つ》った声でヴィソワーズが叫ぶ。

「あれはもう当主じゃない！　捕らえるよ、あたしとアンタで！」

「……そんな⁉」

「いいから早く！　まだ落ちついているけど、暴れだしたら手に負えなくなる！」

「イリーティアッッッッ！」

噛みしめた唇。

その隙間から漏れたのは、すべての元凶である魔女の名だった。

「……覚悟なさい。この屈辱…………！」

変貌した当主。

いや当主だったモノを見つめ、太陽の王女は血が噴きだすほど強く唇を噛みつぶした。

Chapter.1　『ルゥ家はずるい』

1

大陸の南に位置する、機械仕掛《じか》けの理想郷「帝国」。
大陸の北に位置する、魔女の楽園「ネビュリス皇庁」。
世界の勢力を、北と南に二分割。
そんな両国の間に緩衝材のように点在するのが、どちらにも属さない中立都市である。
「帝国」と「皇庁」と「中立都市」――
人間の地は大きくこの三つに分けられる。誰もが知る常識だ。
だが。

人間の住めない猛毒の秘境が、この星には存在する。

それがカタリスク汚染地。

虫一匹、草一本生えない猛毒の泡《ガス》が噴きだす、殺人的気温の秘境である。

なぜ猛毒の泡《ガス》が噴きだすのか。その秘密に触れた者は、過去、人類史でも五本の指に数えられるほどだろう。

だが現在――

イスカは、このカタリスク汚染地誕生の秘密を知った。

「あのさシスベル」


「もう我慢の限界ですわ――――――っ！」


地平線まで延びる幹線道路《ハイウェイ》。

灰色の荒野を走る大型車で、助手席のシスベルが突然叫んだ。まさに、イスカが声をかけようとした瞬間にだ。

「そこら中から噴きだす泡《ガス》！　生ゴミを何十倍に煮詰めたようなこの悪臭は当然に許しがたいとして……何より許せないのは、この悪臭がわたくしの全身にこびりついているという事実です！」

「声がでけぇ」

後部座席で、ボソリと零《こぼ》すジン。

「冷房のせいで窓を閉めきってるんだ。てめぇの頭悪い声が車ん中に響くだろうが」

「わたくしの声は小鳥のように美しいですわ！」

「その小鳥は、てめぇの悪臭を嗅げば秒で逃げていくだろうがな」

「……なっ⁉」

シスベルが堪《たま》らず振り向いた。

その愛らしい顔をたちまち真っ赤にして。

「わたくしが臭いのはわたくしのせいじゃなく！　わたくしの髪と服にこびりついた泥と泡《ガス》のせいですってば！」

「合ってるじゃねえか。それをお前の悪臭というんだよ」

「違うのです！」

はぁはぁと、早口でまくしたてたシスベルが深呼吸しかけ――「うっ⁉」と自分の服の悪臭に悲鳴を上げた。

「…………最低。いや最悪ですわ」

助手席のシートにもたれかかって。

「信じられない……猛毒の泡《ガス》が湧きでていた真っ赤な沼……虫一匹、鳥一匹いない死の大地でした。あれが星の災厄によって生みだされたなら、イリーティアお姉さまはそんな力に魅せられたというのですか……」

車のバックミラーを見やるシスベル。

自分たちの車の後方――複数台の大型車が映っており、そこにシスベルの姉であるアリスと従者の燐《リン》、さらに月の王女キッシングも乗っている。

そう。

ここにいる全員が知ってしまったのだ。

「……天帝陛下がここに行けってアタシたちに言った理由、納得できたよね」

後部座席の真ん中で、ミスミス隊長が独り言。

ここに来る前――

帝国を統《す》べる天帝ユンメルンゲンは、こう言ったのだ。

〝星の中枢は星霊たちの住処《すみか》だった。そこに一体の異物が紛れこんだのさ〟
〝星の大敵《ワールドエネミー》と呼ぶべき災厄が〟
〝この災厄は、人間と星霊を未知の異形に変貌させるんだよ〟

星の災厄は「造り変える」のだ。

天帝《ユンメルンゲン》を、銀色の獣人へ。

王女《イリーティア》を、真っ黒い影の塊じみた魔女へ。

星霊を、あの歪《いびつ》な虚構星霊《エイドス》へ。

そして星を、生物一匹住めない死の星へと変える。その始まりがここカタリスク汚染地というわけだ。

「知らんぷりはできなくなったな」

「……元より、知らんぷりするつもりはありませんわ」

ジンの呟きに、シスベルが忌々《いまいま》しげに唇を噛《か》みしめる。

「……皇庁に仇《あだ》なす大罪人がイリーティアお姉さまだとわかった以上、それを止めるのが妹の使命です」

「おう頑張れ」

「ってちょっと⁉　そこは『俺らも協力してやる』という台詞《せりふ》でしょう！」

「理由なんざ人それぞれだ」

ジンの目配せ。

それに気づいたのは、同じ後部座席のイスカだけだったことだろう。

「星の災厄を野放しにはできないっつぅ理由だけで大半の人間は十分だし、お前のように姉を止めたいって理由でもいい。あとは……そうだな。イスカみたく師匠から星剣を預かったからっつぅ理由もある」

ジンの目配せの理由が、自分《イスカ》が脇に抱える黒と白の星剣だ。

ここカタリスク汚染地で――

星の民から、自分《イスカ》は、星剣誕生の意味を聞かされた。


〝すべての星霊の力を集めること〟

〝この結晶に力を蓄える。すべてを集め――ようやく星の災厄に挑む力となる〟


「何にせよだ……ん？」

ジンが口を閉じた。

運転席に備え付けの通信機から、けたたましい呼び出し音が。

「後続車《うしろ》の使徒聖殿か？　おい音々《ネネ》」

「こちら第一車両です」

通信機に返事する音々。

聞こえてきた声は——

『こちら第三車両』

「あれ、燐さん？」

『うむ。アリス様に仕える忠実にして完全無欠の従者である私が、アリス様の重大な話を伝えに来た』

「……大切な話？　え、何ですか？」

音々が思わず聞き返す。

後部座席のミスミス隊長も一気に気を引き締めて、シスベルも「アリスお姉さまが？」と興味津々《きょうみしんしん》な面持ちだ。

『我々はこれより帝国に帰還する。皇庁所属の我々が『帰還する』という言葉を使うのは少なからぬ抵抗感があるが……それはさておき我々の懸念《けねん》は、帝国軍の輸送機を使っても帝都まで十数時間かかってしまうことだ』

「それは行きも同じだろ」

通信機越しに、後続車《うしろ》の燐に向かってイスカは返した。

「その何が懸念なのさ？」

『帝国剣士、お前のそのほどよく平和ボケした脳でよく考えるがいい』

「マジメに聞いてるのに馬鹿にされた⁉」

『まったく……行きは問題なく、帰りは問題がある。この違いがわからないとはな』

燐の呆《あき》れた溜息《ためいき》。

それから数秒の間を挟み、シスベルがぽんと手を打った。

「っ！　臭いですわね燐！」

『さすがシスベル様です。そう、この悪臭がこびりついたまま輸送機に乗ればどうなるか。お前にわかるか帝国剣士！』

「え……別に……臭いは気になるけど、それは帝都で洗い流せば——」

『間に合わん！』

燐の声に力がこもった。

『この悪臭のまま輸送機に搭乗してみろ。他の帝国兵から「ネビュリス皇庁の王女はあんなにも臭いのか。さすが野蛮だ。魔女だ」と罵られるに決まっている！』

「……いや、帝国兵《ぼくら》はこういう悪臭って結構慣れてるし」

音々やミスミス隊長は、この悪臭でも顔色一つ変えていない。

沼地や荒野などが良い例《い》だ。入浴や洗濯ができずに何日も過ごす環境も、帝国兵ならば誰もが経験していることである。

『いいやダメだ！　我が主《あるじ》を臭い魔女呼ばわりされるわけにはいかない！』

『ちょ、ちょっと燐⁉』

通信機からアリスの小声。

どうやら見かねたアリスが、燐にこそこそと耳打ちしているらしい。

『……わたしは別に……イスカ以外の帝国兵から何を言われても気にしないし……』

『お風呂《ふろ》に入りたいと言ったのはアリス様ではないですか！　あとごく自然に帝国剣士を特別枠に入れないでください！』

『声が大きいわよ⁉』

『とにかくだ！』

燐の大声が、窓を閉めきった車内に響きわたった。

『この悪臭が取れるまで、アリス様を帝国の輸送機には乗せられん！』

2

中立都市・「火山の都」シオ・クレセント——

その共同浴場。

ふわりと香る湯気。十人以上が浸《つ》かれる浴槽には、ほのかに白く濁ったお湯がなみなみと注がれている。

「ああ！　待ちに待ったお風呂、これで悪臭ともお別れですわ！」

脱衣場から浴場を見渡し、シスベルは歓喜に声を弾ませた。

「ここに来るまでも……大通りを歩くだけで観光客の皆さんが嫌な顔をして遠のいていくし、道を横切った子供からも『あのお姉ちゃん臭い！』と、言葉の釘《くぎ》をグサグサと刺されるし！」

そんなシスベルは、既に下着姿である。

毒ガスの悪臭がついた服はクリーニングサービスに任せ、その間に浴場で身を清めるというわけだ。

「……あーめんどくせ」

一方で、脱衣場の隅っこであぐら座りする女兵士がいた。

使徒聖・第三席の冥《メイ》。

どうしてもお風呂に入りたい皇庁四人――つまりアリス、シスベル、燐、キッシングの見張り役である。

ちなみに冥は、泥だらけの服を着たままだ。

「風呂なんて二か月に一度入りゃ十分じゃねえか。服だってまだまだ綺麗《きれい》だし」

「二か月⁉」

そのぼやきに目を剝《む》いたのがアリスと燐だ。

「聞いた燐？　あの冥とかいう女兵士……」

「はいアリス様。やはり帝国兵は野蛮人、いえ原始人の集まりです。野生のゾウだってもうちょっと頻繁に水浴びするでしょうに……」

「だらだら喋《しゃべ》ってる暇あるか？」

その冥の手元には、ストップウォッチ。

「輸送機の離陸まで一時間三十七分。それまでに風呂入って着替えてメシすませとけ。わかったならさっさと済ませな。あたしは風呂場が嫌いなんだよ」

「ならばお先に！」

まずはシスベルが飛びだした。

ささっと下着を脱ぐや、一目散に浴場めざして走っていく。

「もうシスベル……そんな走ったら他のお客さんに迷惑よ！」

「ご安心をアリス様。私たちが入ってきた瞬間、他の客は異臭を感じて逃げていきました。我々の貸切《かしきり》です」

服を脱ぐアリスと、それを手伝う燐《リン》。

二人とも裸にバスタオルを巻いた姿になるが、しかし一人だけ、置いてけぼりのように脱衣場に立ち尽くす黒髪の少女がいた。

「…………」

月の王女キッシング。

クリーニングに服を預けた下着姿で、ぼんやりと立ち尽くしている。

「どうしたの？　お風呂は嫌い？」

そんなキッシングに気づくアリス。

もともと入浴を嫌う者もいる。後ろの冥と同じく、キッシングもその類《たぐい》なのではと思ったが。

「っ！　いえ、アリス様これは……」

燐がハッと目をみひらいた。

アリスに目配せし、月の王女の前で身を屈《かが》める。

「キッシング様。よろしければこの私めが、お風呂のお手伝いをさせていただきますが？」

そう。入浴が嫌いなのではない。

ゾア家の箱入り娘として過剰なまでに大切に育てられたがために、キッシングは自分一人で着替えをしたことがないのだ。

「……うん」

コクンと頷《うなず》くキッシング。

燐が手慣れた様子で脱衣を手伝い、バスタオルを巻いてやる。

「はいご用意できました」

「…………」

「キッシング様？」

月の王女はいまだ動かない。

バスタオルを巻いた姿で、キッシングはなぜか目の前のアリスをじーっと見上げたまま微動だにしようとしなかった。

「どうしたの？」

「…………」

そんなアリスの問いかけに。

月の王女が、目を細めてアリスの胸元を凝視した。

バスタオルを押し上げる二つの豊かな丸み。さらにはタオルで隠しきれず露出したままの深い深い谷間をだ。

「……おとな」

「っ⁉」

アリスの顔がたちまち真っ赤に。

「な、ななな何を突然言ってるの！」

あまりに想定外なひと言に動揺を隠せず、アリスが胸の谷間を両手で隠す。

「どうやったらそんなに大きくなるの」

「……し、知らないわよ！」

アリスとて自らが早熟である自覚はある。

何なら燐とも頻繁に似たやり取りをしているのだが、普段言われ慣れていない相手から言われると妙に気恥ずかしい。

「……それに妹も」

キッシングが浴場を振り返った。

ガラスの扉の向こうには、心地よさそうにシャワーを浴びるシスベルが。

「……妹も……身体《からだ》だけ早熟なのはずるい……」

湯気の奥に見え隠れする裸身。

アリスの妹のシスベルも顔だちこそ童顔ながら、実は身体つきは確実に成長しており、くっきりとした胸の膨らみが見て取れる。

「……それに比べて……」

対するキッシングは、胸から腹部にかけてがほぼ水平。

つまりはまだまだ成長途中である。

同世代との接触がほとんど許されなかったがゆえに、アリス・シスベル姉妹の発育具合に衝撃を受けたのだ。

「……ルゥ家の戦力は強大……まだ勝てない」

しかしキッシングとて王女である。

ここで落ちこむほど軟弱な鍛えられ方はしていない。

――諦めてはいけないよ。

――勝てない相手とは戦わず、勝てる相手を見つけなさい。

それが仮面卿《きょう》の教え。

いまキッシングは、それを忠実に実現しようとしていた。

「…………」

キッシングが覗《のぞ》きこんだのは、アリスの隣にいる燐である。

「？　どうしたのですかキッシング様？」

「見つけた」

キッシングは、真剣極まりない表情で返事した。

バスタオルに隠された燐の胸元を、穴が開くほどじーっと凝視する。自分と同じくらいなだらかで平坦《へいたん》な胸を。

「下には下がいた」

「ど、どういう意味です!?」

ギクッと燐の声がうわずった。

キッシングの視線を避けるように、身体をさりげなく横に逸《そ》らしながら。

「恐れながら、さすがの私でもキッシング様よりはありますよ！」

「……ふっ」

「笑われた!?……くっ、いいでしょう！　その勝負受けて立ちます！」

バスタオル二枚が宙を舞う。

燐とキッシング。

一糸まとわぬ少女二人が、中立都市の浴場で激突し――

「？　シスベル、あの二人は何をしてるの？」

「さあ？　汗を流せるから嬉《うれ》しくてはしゃいでるんじゃありませんか？」

お湯に浸かるアリスとシスベル。

あいにくこの姉妹は、まさか燐とキッシングが胸の大きさ対決をしているなどとは思いもしなかった。

「はぁ……はぁ……」

肩で息する燐とキッシング。そして――

「やりますねキッシング様！」

「……そちらこそ！」

結果、両者はわかり合った。

壮絶な死闘《くらべっこ》の末、「むしろ我々は同志である」という真理に気づいたのだ。

「キッシング様、今日から私たちは好敵手《ライバル》であり友と言えるでしょう！」

「燐！」

良《い》い勝負だったね。

そう互いの健闘をたたえ合って、がっしりと握手する二人。

「……いつか二人で勝とう。あのルゥ家に」

「はい！　そもそもアリス様もシスベル様も早熟なだけで、我々の胸が劣っているわけではありません。あと一年か二年後、我々が順当に成長すれば必ずや発育も追いつけることでしょう」

「そう。未来に期待」

胸元にタオルをまき直したキッシングが、感慨深そうに頷いた。

「わたしたちは成長途上。もっと背も伸びるし、大人になれば自然に大きくなる」

「はい！　そのために——」

ガラッ、と。

脱衣場側から、浴場の扉が開かれたのはその時だった。

「ふぅーっ。やっぱり臭うの嫌だもんねぇ」

湯気の奥から、うっすらと小柄なシルエット。

反射的に振り返った燐とキッシングは、タオルを手にした帝国軍人——ミスミス隊長の一糸まとわぬ艶姿《あですがた》をそこに見た。

いや、見てしまった。

「っっっっっ⁉」

声にならない悲鳴を上げるキッシング。

さらには燐さえ、強烈な拳で殴られたかのように「ぐっ！」と後ずさる。

「え？　どうしたの二人とも？」

「あ……あ…………っ……」

怯《おび》えた苦悶《くもん》を隠せないキッシングが、震える指先でミスミスを指さした。

そのあまりに豊かな胸を。

キッシングと同年代に見える幼げな顔立ちなのに。その下にある胸は、両手で隠しても溢《あふ》れんばかりに膨らんでいる。

なんと扇情的な肉体か。

「？　え？　アタシ、何か変かな？」

が、当のミスミスは自覚がない。

アリス・シスベル姉妹がそうだったように、燐とキッシングがいったい何に苦悩しているのかわからないのだ。

「そうだキッシングさん。背中流してあげ――」

「っ！　来ないで！」

近づこうとするミスミスに、もはやキッシングは恐怖を隠せなかった。

小柄で顔も幼いのに、身体だけは圧倒的に豊かで扇情的なのだ。実のところ服を着ていた時から「大きい？」と感じてはいたが――

まさか。

まさかあれでも着痩せしていたなんて。

「……帝国兵……なんて破壊力……」

「え？」

「敵の装甲解除により、想定以上の戦闘力を確認……燐《リン》……どうしよう」

「……ここは撤退ですキッシング様」

真剣極まりない口調のキッシング。

そんなキッシングを庇《かば》うように、燐が奥歯を噛《か》みしめながら進みでた。

「悔しいですが、敵の戦闘力は我々をはるかに上回っています。ここで戦っても勝ち目はありません……ここは勇気の撤退です！」

「……うん。あの破壊力には勝てる気がしない。あまりに大きすぎる……！」

「だから何の話なの⁉」

わからない。

ひそひそ話に熱中する燐とキッシングに、ミスミスは頭を抱えたのだった。

3

天守府──

ここ帝都最古の建造物は、五重の塔《ビル》という特殊構造になっている。

最上部にある天帝の間で。

『……まったく。中立都市でお風呂《ふろ》に入りたいから二時間遅刻する？　璃洒《リシャ》からそう報告された時は、さすがに耳を疑ったものだけど』

座椅子に片肘を乗せた銀色の獣人──

天帝ユンメルンゲンが、集った面々を愉快そうに見下ろした。

『あまりに不敬で雑な理由だから逆に許可したよ。結果、身も清められたなら何よりだ。お前たち全員が臭かったらさすがにメルンも嫌だしねぇ』

イスカたち第九〇七部隊。

皇庁の賓客としてアリスリーゼ王女、シスベル王女、従者の燐。

皇庁から帝国に降《くだ》ったキッシング王女、その見張りとして使徒聖の冥《メイ》。

これに璃洒を加えてちょうど十人。

『この顔ぶれも見慣れてきたね。さてどう話そうか……まずは黒鋼《くろがね》の後継』

「っ！」

獣の双眸《そうぼう》に見つめられ、イスカはわずかに口元を引き締めた。

『まずはお前に話を聞こうか』

「はい、カタリスク汚染地での報告を——」

『それは省略』

天帝がパタパタと手を振ってみせて。

『星剣のことを星の民から聞かされたんだろ。そんなの表情からわかる。で、どうだい？これからもその剣を振るう覚悟があるかどうか』

「——」

思えば。

自分《イスカ》がこの剣を預かった当時と、いま求められている役目には相違がある。

……僕は帝国と皇庁の和平を求めていた。

……それはいつだって変わらない。この瞬間だってそうだ。

だから星剣が必要だった。

皇庁の純血種を捕らえて、和平交渉を力ずくで成立させる。逆に言えば、星剣は和平のための武器と思っていた。

〝その剣が、世界を再星する唯一の希望だ〟

師クロスウェルから剣を預かった時も。

あの時の師の言葉を、「百年続く戦争を力ずくで止めること」という意味にしか考えていなかった。

今までは。

「……僕は、もう知ってしまいましたから」

『ふぅん？』

「天帝陛下。あなたや、僕の師匠、それに始祖に起きた百年前のこと」

天帝が。始祖ネビュリスが。師クロスウェルが。

変わってしまった百年前。


〝ネビュリス……これでも戦うべきは帝国か？〟

〝黙れユンメルンゲン。私の、帝国に対する恨みは何一つ晴れてない。帝国を変える？できるものなら精々やってみろ〟


百年続く帝国と皇庁の戦い。

その原因は星霊であって、星霊ではなかった。

星霊はただ逃げてきただけ。星の奥底で生まれた災厄に怯え、地底から穴を掘り進んで地上にまでやってきた。

それが帝都にできた星脈噴出泉《ボルテックス》だったのだ。

「……僕は」

こちらを見下ろす獣人のまなざしを、見つめ返した。

百年「待ち続けた」まなざしを。

「……僕は和平が目的で、逆に言えば和平止まりでした。それ以上は考えたこともない。僕一人でその先を目指すなんてできっこないと思っていた」

だが師は違った。

和平のさらに先――まさしく「再星」を見ていたのだ。

〝希望を見つけたんだ〟

〝この星剣なら、災厄を倒すことができるかもしれない。災厄を倒すことで、地上の星霊すべてが星の中枢に戻っていく！〟

災厄が消えることで、すべての星霊が星の中枢に帰るだろう。

もう星霊使いは生まれない。帝国にとって恐るべき「魔女」「魔人」は消え、戦う理由そのものが無くなる。

「……完全終戦」

百年の生き証人たる天帝ユンメルンゲンを見上げ、イスカは星剣の柄を握りしめた。

「それができるなら、僕が戦う理由は十分です」

『──んっ』

いたずらっぽく笑んで、天帝がクルッと座る向きを変えた。

『片方の聴取は終わった。璃洒』

「はいはーい」

今まで不自然なほど静かだった璃洒が、ここぞとばかりに手を打ち鳴らす。

「第九〇七部隊のみんなお疲れさま。陛下が解散だって。部屋に戻って休んでいいわよ。あ、ミスミスだけは今日中に報告書を提出ね」

「アタシだけひどい⁉」

「隊長ってのはそういうもんなのよ。ほら帰った帰った」

「そんなぁっ⁉」

璃洒に背を押されてミスミス隊長が退室。

それに従って、イスカも天帝の間を後にして——

「…………」

一瞬。

天帝の間を去る寸前、こちらを見つめるアリスと目が合った。そこに映る感情が何なのかイスカが推し量る間もなく。

「ほらイスカっちも」

璃洒に手を引っ張られ、イスカは天帝の間を後にした。

＝＝＝

帝国兵四人が、天帝の間から立ち去って。


『さ、もう片方の聴取と行こう』

座椅子に腰かける天帝が、広間に残った星霊使いたちを見下ろした。

アリス、シスベル、キッシング。

帝国と皇庁の激しき確執を鑑《かんが》みれば、天帝の間に皇庁の王女三人が集っている光景を、いったい誰が想像できるだろう。

『王女三人はさすがに壮観じゃないか。オマケが一人いるけど』

「誰がオマケだ⁉」

『ふふっ。お前は本当に楽しいねぇ。期待通りに怒ってくれる』

燐が怒鳴るも、天帝はむしろ心地よさそうだ。

『それに比べてお前は表情が硬いじゃないか。さっきから一度も言葉を発していない』

「――――」

試すような口ぶりと視線。

見透かされている。諦め半分、決意半分で自らにそう言い聞かせ、アリスは自分の拳を握りしめた。

「間違ってないわ。考えていることがあるの」

『当ててみせようか？』

天帝が、肘掛けに片手をつきながら。

『お前たちが不安視してるのはアレだろ。災厄を倒した後の戦力関係』

「……」

正解。とは言わなかった。

帝国の首長にそう口にできるほど、自分《アリス》はまだ帝国に心を許したわけではない。

『まったく気が早い。アレを倒したつもりでその先を考えるなんて、まだアレのやばさを理解できてない証拠だよ』

天帝がやれやれと肩をすくめてみせる。

『とはいえ夢想は、個々の自由だ。メルンも話に乗ろう。——災厄を倒すことですべての星霊が星の中枢に戻っていく。つまり星霊使いの身体から星霊が抜け落ちていく。お前たちは星霊使いでなくなるわけだ』

その瞳孔が針のごとく細く——

あたかも獲物を見つけた獣のごとく、鋭くなって。

『星霊使いのいない皇庁なんて、帝国軍から総攻撃を受ければ二日で陥落する。おやおや大変だ。なんて恐れているんだろう?』

「…………」

口には出せないが、悔しいほどに正解だ。

この百年。やはり天帝ユンメルンゲンは、自分たち以上に未来の事を考えに考え、あらゆる想定を尽くしてきたに違いない。

つまり、こういうことだ。

災厄を倒さなければ星が滅びる。

災厄を倒せば皇庁が滅びる。

どちらを選んでも不幸《バッドエンド》。

それがアリスやシスベル、燐《リン》が抱えた最大の葛藤だ。災厄を倒すという決心にあと一歩ギリギリで踏み切れない理由でもある。

だからこそ――

『褒美をやっても、い、い、よ』

天帝が匂わせた言葉の真意に、アリスはすぐには至らなかった。

「……褒美《ほうび》？　わたしたちの弱みにつけこむつもりかしら」

『おっとアリスリーゼ王女。それは邪推だよ』

天帝の微苦笑。

『メルンはね、天帝の立場でも個人的な感情でも、星の災厄を滅ぼしたい。だけど間違いなく妨害があるはずだ。災厄に出会う前に魔女《イリーティア》が立ちはだかる』

「……でしょうね」

『災厄も魔女《イリーティア》も世界にとって害悪でしかない。そして前にも言ったとおり、魔女《イリーティア》は人間の肉体を捨てたけど、人間の感情はまだギリギリのところで捨て切れてないらしい。妹《おまえ》が出向けば、気の緩みを突けるかもしれない』

本当に？

天帝のその言葉だけは、アリスにとってあまりに心許《こころもと》なく感じられた。

〝気が変わったわ。あなたの苦しむ姿が不憫《ふびん》すぎるから〟

〝アリス、やっぱり今ここで消えてちょうだい〟

あの異様な嗜虐《しぎゃく》性。

災厄の力で精神まで怪物に成り果てたのか、それとも生来の本性か。どちらであっても、血を分けた姉妹らしい感情は感じ取れなかった。

「……イリーティアお姉さまが、わたしが姉妹だからという理由で気を弛《ゆる》めるとは思えない。思わない方がいいわ」

『ふぅん？』

「そうであっても倒すだけです」

アリスの言葉半ばで、黒髪の少女が割って入った。

「あの魔女は月の怨敵《ゾア》。気を弛めようが弛めまいが関係なく、必殺の策を練って挑むまでです」

キッシング・ゾア・ネビュリス9世。

その右手には、まるでイスカの星剣を模したような黒いナイフが握られていた。

事実、黒の星剣と理屈は似ている。

キッシングが星の民に頼みこんで造らせた模造品《レプリカ》。

『手段は問わないよ。お前のソレがどんな策かは知らないけれど』

模造品《レプリカ》を一瞥《いちべつ》し、天帝が目を細めてみせる。

『話を戻そう。災厄と魔女《イリーティア》を倒せたらとっておきの褒美をやろう。だからお前たちも協力しておくれ』

「勿体《もったい》ぶるな！」

燐の一喝が、ビリビリと天帝の間にこだました。

「星の災厄というのは誰も命の保証はないのだろう。アリス様に命を懸けろというのなら、

「だから――」

先に褒美の中身を言うのが筋だ！」

『あ、そうだシスベル王女、お前に話があってだね』

「聞いているのか！」

『もちろん。褒美の中身を教えてほしいんだろ？　だが伝えるべきは燐《おまえ》じゃない。もっと伝えるべき相手がいるんだよ。璃洒《リシャ》、用意しておいで』

天帝が、指を打ち鳴らす。

今までじっと黙していたシスベルに手招きしながら――

『お前に遣いを頼もうかな』

4

天守府第二ビル、四階。

長らく使われていなかった事務室が、アリスと燐が寝泊まりする部屋だ。

「お邪魔するよ」

スペアキーを使って入室。

――天井の豪奢《ごうしゃ》なシャンデリアや、趣深い絨毯《じゅうたん》にテーブル。

イスカが訪れたアリスの部屋は、燐の熱意により、もはや元事務室とはわからないほど大々的に模様替えがなされている。

「……さてどうしよ。来たはいいけど」

自分《イスカ》は、アリスの監視役である。

そのアリスは天帝の間で話し込んでいる。つまり自分はアリスが部屋に戻ってくるのをここで待つ義務がある。

とはいえ、だ。

こうも華やかな「女子の部屋」に男一人でいるというのは――

「……なんか苦手なんだよなぁ。このソワソワ感」

自分には絶対的権利がある。

たとえばクローゼットを開けたり、鞄《かばん》を開けて中身を確認することも許される。それが監視役の役目であり、アリスのいない今は絶好の機と言えるだろう。

が……。

どうにもその気になれない。

監視が嫌なのではない。アリスと燐の不在時に部屋を洗いざらい調べるという、いわば相手を出し抜く精神が嫌なのだ。

……災厄を倒すのに、アリスも燐も力を貸してくれようとしている。

……そんな彼女たちを僕が信用しないのもなぁ……。

ただ、その裏返しで。

検閲をしない分、手持ち無沙汰になってしまうのが悩みである。

「お茶でも用意して待ってるか……なんかもう監視の仕事じゃない気がするけど……」

自分とアリスと燐の三人分。

茶葉とティーカップを用意し、お湯を沸かそうとして——アリスの部屋の扉が開いたのはその時だった。

「ああアリス、悪いけど先に部屋に入らせてもらっ…………あれ？」

「お邪魔します」

「よぉ見張りご苦労さん」

艶やかな黒髪をなびかせ、入ってきたのは月の王女キッシング。

その後ろにいるのは、キッシングの髪とちょうど正反対にボサボサな髪を掻《か》きむしる冥《メイ》である。

「イスカちゃんモテモテだねぇ」

「はい？」

「こいつがよ、あたしよりイスカちゃんがいいんだと」

冥の冷めたまなざし。

監視対象である月の王女を、やれやれと見下ろして。

「この魔女ちゃんの見張りも頼むわ。お前もそれがいいんだろ？」

「はい」

あっさり頷《うなず》くキッシング。

「わたしが帝国に降《くだ》ったのはイスカとの共闘を希望してです。あなたのように粗野でお風《ふ》呂《ろ》嫌いの帝国兵に監視されたくはありません」

「ってわけで任せたぜイスカちゃん」

ふぁぁ、と冥が大あくび。

「あたしは昼寝する」

「って冥さん⁉　待って、そんな雑な押しつけが――」

遅かった。イスカが反対するより先に、冥が逃げるように退室してしまう。

あっという間にキッシングと二人きり。

「……なんで僕ら、アリス不在のアリスの部屋で二人きりなんだろ」

「このソファー、悪くはありません」

「もうくつろいでるし⁉」

勝手知ったる我が家のようにくつろぐキッシング。

アリスお気に入りのソファーに堂々と腰かけて、ぎゅーっと沈みこみながら。

「イスカ」

「……何さ」

「わたしの紅茶はミルクティーでお願いします」

「先にもっと言うことがあるだろ⁉」

と。

そんな矢先に、アリスの部屋の扉が再び開いた。

「むっ⁉　何者かの気配、アリス様お下がりください！」

リビングに飛びこんで来る燐。

そんな燐がこちらを見るなり、「ちっ」と拍子抜けした表情でナイフをしまった。

「……なんだ貴様か」

「僕以外の誰がいるっていうのさ」

「いるじゃない」

カツッ、と響く靴音。

そう答えたアリスが、自分用のソファーでくつろぐキッシングを見下ろしていた。

露骨に嫌そうな表情でだ。

「……イスカ。キミがわたしの部屋に入るのは許可したわ。でもわたしの部屋に、わたし以外の相手を入れてるのはどういうこと？」

「入れたんじゃなくて入ってきたんだよ」

「……なるほど」

アリスが月の王女を睨みつける。

胸の下で腕組みし、いかにも高圧的なまなざしで。

「キッシング、あなたの部屋は別に用意されていると聞いたわ」

「はい」

あまりに潔《いさぎよ》いキッシングの返事に、星の王女の視線がますます険しいものになる。

「なぜここにいるの？」

「わたしはイスカを求めているのです」

「っ」

アリスの片眉がピクッと吊《つ》り上《あ》がる。

対するキッシングは、そんなアリスの反応などお構いなしに。

「わたし一人では魔女《イリーティア》に勝てません。だから彼の力を借りたい。帝国に降伏したのもそれが理由です。わたしが彼と共にいることは自然なことでしょう」

「いいえ違うわ！」

アリスが腰に手を当て、大きく胸を反らしてみせた。

「イスカはわたしの監視役よ！　常に片時も離れることなくわたしのことを見ていなくてはいけない。あなたに構っている暇などないの！」

「イスカ、ミルクティーはまだですか」

「無視⁉　そもそもあなたは何のつもりなの？　その剣！」

アリスが指さしたのは、キッシングが大事そうに抱えた黒いナイフだ。

黒の星剣の模造品《レプリカ》。

鞘《さや》がないので抜き身のまま。ソファーに座りながらも片時とて手放そうとしない。

「……そんな大事に抱えて、それがイリーティアお姉さまへの切り札になるの？」

「なります」

コクンと頷いたキッシングが、ようやくアリスを見上げた。

「星の民から聞いたでしょう。星剣の正体は、星霊エネルギーの純然たる結晶とのこと。このナイフは純度も大きさも劣る粗悪品ですが、それでも魔女《イリーティア》には猛毒に等しいはず。

……ところでこの刃、星霊エネルギーを吸収して蓄えるそうですね」

キッシングが立ち上がった。

右手にナイフを構えたまま、可愛《かわい》らしい足取りでアリスの目の前へ。

「試してみましょう」

「え？」

「隙あり」

プスッ。

キッシングが突き出したナイフの先端。

それが、無防備に立っていたアリスの胸にちくりと刺さった。

「痛っっ――――――!?」

アリスの部屋にこだまする悲鳴。

イスカさえ過去聞き覚えがないほど、情けない悲鳴がアリスの口から飛びだした。

「な、ななな何をするの!?」

突かれた胸を押さえて跳《と》び退《の》くアリス。痛さと恥ずかしさの涙目が、みるみると燃えさかる怒りに変わっていく。

「答えなさいキッシング！　返答次第じゃ許さないわよ！」

「キッシング王女！　アリス様に何という真似《まね》を！」

「――ふむ」

詰め寄るアリスと燐《リン》。

ちなみに当のキッシングは我関せず。手にした黒のナイフとアリスの豊かな胸を何度も何度も交互に見比べて。

「……おかしい」

キッシングが首を傾《かし》げた。

「浴場で見た時から気になっていたのです。その胸。あなたの年齢にしてはあまりに大きすぎる。別の要因――たとえば星霊エネルギーで膨らんでいる可能性が高い。このナイフで突けばエネルギーを吸い取られて萎《しぼ》むはずでは……」

「なんと深い考察！」

「なに感心してるのよ燐!?」

なぜか納得してしまった従者を叱りつけ、アリスが再びキッシングを睨《にら》みつける。

「わたしの胸を風船みたいに言わないでくれるかしら！」

「……するとアリスリーゼ。あなたの胸の膨らみは星霊エネルギーではなく本物？」

「それ以外の何があるのよ」

「…………」

キッシングが押し黙った。

と油断させておいて、再び黒のナイフをアリスの胸めがけて――

「えいっ」

「痛っっ――――――っ⁉」

「ルゥ家は敵です」

再び悲鳴を上げるアリス。

そんな珍しくも情けない姿を後目《しりめ》に、キッシングが実に満足そうに額を拭って。

「……悪は滅びました」

「もう許さないわよキッシングゥゥゥッゥウ！」

アリスの咆吼《ほうこう》。

月の王女めがけ、眼《め》を爛々《らんらん》と輝かせて襲いかかろうと跳び上がり――

「ちょっと待った⁉」

「アリス様、お気を確かに！」

イスカと燐は、怒れる王女を全力でなだめたのだった。

Prologue.2　『私には力が必要なのよ』

第九〇七部隊《イスカたち》が、帝国に帰還したのと時同じくして——

帝国領・封鎖された第８国境検問所《チェックポイント》。

魔女イリーティアの「歌」により、防衛にあたっていた帝国軍は全滅。目覚めることのない謎の昏睡《こんすい》状態に陥った。

そこから最寄りの街で。

「……くそっ！　帝都の守りが厳重すぎる……！　侵入ルートが無いじゃない！」

寂れたカフェの隅。

テーブル上に広げた帝都の地図めがけ、シャノロッテは拳を打ち下ろした。

シャノロッテ・グレゴリー。

長らく帝国軍への潜入工作を務めていた月の課報員《ゾアちょうほう》だ。機構Ｖ師第一〇四部隊所属、シャノロッテ隊長として長らく帝国軍に忍びこんでいたが。

その彼女が、苛立《いらだ》ちを抑えきれなかった。

「なぜ強化された？……帝都の警戒レベルが最大まで上がってる……！」

自分が月《ゾア》の諜報員であることは帝国軍にバレているが、帝国兵であった時に、今でも使える偽造の住民票は入手済みだった。

それが、帝都で弾《はじ》かれた。

「三重の本人確認。住民コードもすべて刷新。新たな番号が割り振られていた……周りも帝国兵が固めている……どういう警戒具合よこれは！」

シャノロッテには知る由《よし》もない。

魔女イリーティアが、帝国軍に甚大《じんだい》なる被害を与えたこと。それにより帝都の警戒レベルが最大限にまで引き上げられたことも。

「……帝都に入れないじゃない！」

空のグラスを握りしめ、シャノロッテは寝不足の目を見開いた。

自分がここにいる理由はひどく単純だ。

役立たずの皇庁の王家に代わって、自分一人で帝都を襲撃すること。

「こんなちゃちな街じゃ意味がないのよ。あの天帝と帝国軍がいる帝都をぐちゃぐちゃにして火の海にしてやらないと……！」

だが、その野望は潰《つい》えかけている。

帝都の警戒レベルが最大限に引き上げられたことで。

「……ふざけんじゃ――――」

手にしたグラスを床に叩《たた》きつけようとして――

カフェ内の大型テレビが、ある情報を知らせてきた。


『緊急速報です』

『帝国軍の発表をお伝えします。本日、第9国境検問所《チェックポイント》が何者かに襲撃を受けました。ネビュリス皇庁の星霊軍と思われます』


「……？　は？　冗談でしょ」

耳を疑った。

月《ゾア》の精鋭部隊が侵入したことで、帝国軍は警戒を強めている。

帝都の警戒レベルを引き上げたのが良い例《い》だ。なのに、わざわざこの最悪のタイミングで国境検問所《チェックポイント》を襲撃する世間知らずがいたのか？

「……馬鹿じゃない……でも……」

嫌い、じゃない。

自分《シャノロッテ》も同じだからだ。

一人で帝都に侵入し、帝国にひと泡吹かせてやろうと画策している。それと同じ匂いを感じずにはいられない。

——興味が湧いた。

わざわざ国境検問所《チェックポイント》を破壊したなら、帝国に恨みを持つ者なのは間違いない。

いったい何者だ？

「国境検問所《チェックポイント》を抜けたって、現場の痕跡から帝国軍の追跡が始まるはず。それを知って追跡を撒《ま》くなら逃げ先は……」

思い起こせ。

第９国境検問所《チェックポイント》の周辺および帝国軍の追跡から推測される、逃走ルート。

「っ！　検問所近くに森があったわ！」

椅子を蹴りつけて立ち上がり、シャノロッテは店外へと飛びだした。

大通りの隅に止めてある車へ。

「……今から全力で飛ばせばきっちり一時間。間に合って！」

いったい何者なのだ。

奇妙な期待と不安が入り交じる緊張に、胸の鼓動が速まっていく。

そして。


第9国境検問所《チェックポイント》近辺、大鈴蘭《オオスズラン》の森。


白い鈴状の花が咲いた森。

愛らしく芳香に魅了される者も少なくないが、この真白き花には毒がある。

美しくも危うい花々に囲まれて――

「っ！　あいつは……⁉」

シャノロッテは目を疑った。

親衛隊らしきスーツ姿の男たちに囲まれた、純白のコートを羽織った少女。

――ミゼルヒビィ。

三王家の一つ「太陽《ヒュドラ》」の王女。

彫りの深い目鼻立ちに、目が覚めるような青い瑠璃色の髪。

「……誰かと思ったらとんでもない大物じゃない。なるほどね。純血種サマなら、帝国軍のいる国境検問所《チェックポイント》くらい突破できるわけよね」

しかしなぜ？

ネビュリス皇庁の王女自らが、なぜ帝国に乗りこんできた？

「……それに当主は？」

疑問は尽きない。

次にシャノロッテが気になったのは、当主タリスマンの不在だ。

圧倒的な威光《カリスマ》を湛《たた》えた古強者。にもかかわらず、その当主抜きでミゼルヒビィ王女が動いているとはどういう事態だ？

「急ぎなさい！」

声を荒らげる王女ミゼルヒビィ。

シャノロッテが木陰に忍んでいることに気づく素振りもなく、国境検問所《チェックポイント》の帝国軍から強奪したであろう荷物を大型トラックに詰めこんでいっている。

「……私には……もう後がない……力が必要なのよ！」

ミゼルヒビィが犬歯を剝《む》き出《だ》しにして叫ぶ。

そのなんと鬼気迫る表情だろう。

いったい何が彼女に起きて、何が彼女をああも駆り立てているのか。

「ん？　あれは……」

もう一つ。

まだトラックに積まれていない荷物の中に、一つ、圧倒的に巨大で物々しいコンテナがあることにシャノロッテは気づいた。

内に猛獣でもいるのか？

ガタン、ゴトッと内側から気配がする。

コンテナの壁は見るからに厚い。それでも外にこれだけ音が伝わってくるということは、内側で「何か」が相当に暴れまわっている証拠だ。

「……何なのよ、あの中身」

嫌な予感がする。

あの金属製の巨大箱にとんでもないものが収まっている気がする。いま見た限りなのに、急速に背筋が冷たくなっていくのだ。

「……ミゼルヒビィ王女、何を運んできたの」

内側から壁を叩き、引《ひ》っ掻《か》く気配。

あのコンテナの中身はいったい何だ？

Chapter.2　『二つの復讐《ふくしゅう》』

1

天守府第二ビル、四階。

アリスの部屋で——

「おはようございますイスカ」

「よぉイスカちゃん、今日も一日この魔女ちゃんの見張り頼むわ」

「またですか⁉」

朝六時。

勝手知ったる我が家のごとく、月の王女キッシングが入ってきた。

その監視役の使徒聖・冥《メイ》もすっかり慣れた様子で、イスカが返事をするより早く部屋を出ていってしまう有様《ありさま》である。

「イスカ、わたしの朝ご飯はパンケーキ二枚でお願いします。一枚は生クリーム、そしてもう一枚は蜂蜜で」

「僕が作るの⁉ 頼めばシェフが作ってくれるのに⁉」

「帝国軍のシェフは信用できません。そして訂正です。生クリームではなくチョコレート……いえチョコレートの方はそのままで蜂蜜の方を生クリームに変更します」

「訳が分からないよ⁉」

そんなやり取りの中――

「うるさ――――い！」

髪を梳《と》かす手を止めて、アリスが振り向いた。

「もう我慢ならないわよキッシング！」

「おはようございます」

「え？ あ……ご機嫌ようキッシング。……ってそんな挨拶はどうでもいいの！ またわたしの部屋に上がり込んで。しかもイスカの手作り朝ご飯を食べようなんて魂胆、このわたしが許さないわ！」

「あなたも一緒にどうですか」

「え？」

キッシングの誘惑に、アリスがハッと胸を押さえた。

「当然、あなたもイスカの手作り朝ご飯を食べるつもりでいるかと思いましたが」

「……キッシング！　あなたわかってるじゃない！」

手作りパンケーキ。

キツネ色に焼いた生地に、熱々のホットチョコをたっぷり注ぎ、仕上げに冷たいアイスを一かけ乗っける。熱さと冷たさを同時に味わえる至福の組み合わせである。

それもイスカの手作りとあらば迷う理由はない。

「頂くわ！」

「僕は作るなんて一言も言ってないけどね⁉」

「イスカ」

緊張感を帯びたキッシングの一声が、リビングにしんと響きわたった。

「打倒イリーティアに向け、わたしたちは一致団結が必要です。さしずめホットケーキにおける生クリームと蜂蜜のように」

「……最終的に朝ご飯に話が戻ってるじゃないか」

「では真面目な話もしましょう」

キッシングが、鞄《かばん》から包帯巻きのナイフを取りだした。

昨日も抱えていた星剣の模造品《レプリカ》だろう。

「わたしの見立てでは、これが対イリーティアの切り札です。ですが星の民は、この石は星霊エネルギーの純度が足りず、硬度も足りないと言っていました」

「……そうだったね」

「そこで提案です。硬度が足りないのであれば――」

キッシングが包帯を外す。

黒く輝く刀身を、照明の光に透かすように掲げてみせて。

「砕いてもいいですか？」

「はいっ⁉」

あまりの驚愕《きょうがく》に、イスカは思わず椅子から立ち上がっていた。

想像のはるか斜め上。

いや、こんな突飛なものを提案と呼ぶことができるのか？

「……砕いてどうなるのさ」

「持ち運びやすいです。あと今さらですが、わたし、ナイフを持って振り回す体力がありません」

「本当に今さらだ⁉」

ただ、ちょうど良《い》い機会ではある。

自分《イスカ》も確かめたかった。

魔女《イリーティア》との戦いに必要となる情報が。

「アリスとキッシングの両方に聞きたい。できるだけ正直に、客観的に教えてほしい」

「なにかしら？」

「構いませんよ」

星と月《ルゥ》、二人の王女《ゾア》の視線が向けられる。

彼女たちに向けて——

「魔女《イリーティア》が言ってたんだ。『私にとっての天敵は純度の高い星霊エネルギー』って。その代表が星剣だとしても、星霊エネルギーが弱点なら星霊術も効く。その認識で間違いはないか？」

しん……と。

イスカがそう発した瞬間、凍《い》てつくような静寂が部屋を包みこんだ。

先ほどまでの騒ぎが嘘《うそ》のように。アリスとキッシングが、まるで同調《シンクロ》するように口を閉じたのだ。

「……二人とも？」

「イスカ。あのイリーティアお姉さまが、自分で弱点を晒《さら》すと思う？」

アリスが弱々しく首を横に振る。

「間違ってはないと思うわ。災厄と星霊が相反するものなら、災厄の力で変貌したお姉さまにとって、星霊の力は何よりの猛毒となる。だけど……」

「わたしたちの力《エネルギー》が弱すぎるのです」

ぼそり、と。

自らの罪を懺悔《ざんげ》するかのごとき重々しい響きで、キッシングの唇が吐きだした。

「魔女《イリーティア》が煮えたぎる溶岩《マグマ》なら、わたしたちの星霊術は……」

「せいぜい氷一片」

言葉を継いだのはアリス。

力及ばない――その悔しさで、膝元の拳を震わせながら。

「氷一つを投げ入れたところで溶岩《マグマ》は冷えないわ。止められないのよ」

「……そこまで差があるのか？」

イリーティアだけではない。

星の災厄というさらに強大な怪物も待っている。アリスやキッシングという最強級の星霊使いさえ、個々では災厄の力に及ばない。だからこそ――

すべての星霊の力を集めろ。

星の民がそう言いきった理由を、改めて突きつけられた。

「わかって頂けましたか？」

キッシングが、黒のナイフを握りしめる。

「わたしやアリスリーゼの力では魔女《イリーティア》に抗《あらが》えない。だからコレを欲《ほっ》したのです。圧倒的な力の差を埋める……いえ、力の壁に罅《ひび》を入れるための楔《くさび》として」

「だけど――」

どうやってその刃を魔女《イリーティア》に届かせる？

イスカがそう訊《たず》ねかけた、矢先。

「朝食です」

芳《かんば》しく甘い香り。

キッチンの燐《リン》が、焼きたてのパンケーキを運んできた。

「帝国剣士が作らないので私が作りました。そしてアリス様、大事なお話のところ恐縮ですが、もうじきシスベル様の出発時間です。お見送りのご準備を」

「……そうだったわね」

アリスがさっと前髪を払い、深呼吸。

「イスカ、また後で話の続きよ。悔しい気持ちもあるけど、今のイリーティアお姉さまを止めるにはこのままじゃ――――」

ジジジジジッ、と。

イスカの通信機が、けたたましい大音量を吐きだした。

『イスカ君、いまアリスさんの部屋⁉』

息を切らせた隊長《ミスミス》の声。

『極東アルトリア、覚えてる⁉』

その地名で、思い当たるのは一つしかない。

狂科学者《ケルヴィナ》がシスベルを捕らえていた地下研究所だ。

災厄の力による『魔女化』が極秘に研究され、被検体Eイリーティア、被検体Viヴィソワーズが誕生した場所でもある。

『あの研究所が爆破されたの！』

「はいっ⁉」

耳を疑った。

「待ってください。あの施設は、帝国軍が封鎖していたはずじゃ」

魔女を生みだす研究所。

未曾有の危険を孕《はら》んだ施設だからこそ、資料はすべて帝国軍が押収《おうしゅう》したはず。紙一枚、ビーカー一つ残らずだ。

今なお、帝国軍の派遣部隊が見張っていたはず。

「……襲撃されたって……」

『監視カメラに姿が映ってたの。皇庁の星霊部隊が！』

「っ」

通信機を握る手に、力がこもった。

……月《ゾア》の精鋭部隊の残党か？

……仮面卿《きょう》とキッシングが音信不通になったから、その敵《かたき》討ちに？

あるいは――

「アリス、キッシング」

二人の王女に向け、イスカは通信機を差しだした。

「協力してくれ。ここで帝国と皇庁が争う必要はないはずだ」

極東アルトリア──

地下研究所『エルザの棺《ひつぎ》』。かつて八大使徒が名付けた施設を、狂科学者ケルヴィナはより直接的な名で呼んでいた。

すなわち「魔女の生まれる地」と。

その屋敷《やしき》で。

「くそっ！　帝国軍が！」

空のドラム缶を蹴りつける。

埃《ほこり》まみれの地下から地上へ戻るや、ミゼルヒビィは憤怒《ふんぬ》の咆吼《ほうこう》を上げた。十数人もの部下たちの眼前でだ。

怒りが収まらない。

「何も残ってないじゃない。紙きれ一枚も……すべて……ここまで綺麗《きれい》に押収するとは。本当に腹立たしい真似《まね》してくれるわ！」

がらんどうの研究所。

狂科学者《ケルヴィナ》が残していた災厄のサンプルも、研究資料も、何一つ残っていない。

欲しいモノがなかった。

「危険を冒して帝国を移動してきて無駄足？　冗談じゃないわよ、ここまで来て！」

「当主代理《ミゼルヒビィ》」

雑草をふみにじるミゼルヒビィの背後——

地下施設から上がってきたのは、くすんだ赤毛に荒々しい目つきが特徴的な少女だ。

ヴィソワーズの人間形態。

魔女化したヴィソワーズにとって、今となっては人間の姿でいる方が特別《イレギュラー》だろう。

「この研究所で魔女になったあたしが言っても説得力ないけどさ、あたしは正直、コレで良かったと思うけどねぇ」

「コレって何かしら」

ぎょろり、と。

ミゼルヒビィは、不機嫌さを隠そうともせずヴィソワーズを睨《にら》みつけた。

「全面対決を覚悟で帝国に侵入し、帝国軍に喧嘩《けんか》を売ってまでこの施設を襲撃し、なのに欲しかった小瓶《アンプル》は手に入らず無駄骨だった。それが良かったと？」

「……目には目をってのはわかるよ」

ヴィソワーズが、くすんだ赤毛をガシガシと掻《か》きむしる。

「イリーティアに復讐《ふくしゅう》するためにアイツと同じ力が欲しい。災厄の力を投与して、同じだけの適性値があるなら確かに条件は五分になる。……ただ失敗した時は悲惨だよ。アンタもわかってるだろ」

背後のコンテナ。

大型トラックでここまで運んで来たものを、ヴィソワーズが無言で見つめた。

「あたしは、アンタまで失いたくないんだよね」

「……わかってるわよ」

舌打ちし、ミゼルヒビィは大きく首を横に振ってみせた。

知っている。災厄の力に適合できなかった者の末路がどれだけ悲惨か。そんなもの我が目で見て痛いほど思い知っている。

だが──

このままではあの魔女に絶対勝てない。それもわかっているのだ。

「お取り込み中、失礼しますわぁ」

「っ⁉」

声と同時に聞こえた足音へ、ミゼルヒビィは弾《はじ》かれるように振り向いた。

そこには、帝国軍の装備をつけた金髪の女。

「ちっ！　まだ帝国軍が……！」

「同胞ですわぁ」

ビッ、と。

身構えるミゼルヒビィの目の前で、帝国軍の服を着た女が首元のシールを剝がし取った。

そこに現れる雷の星紋。

「月《ゾア》の諜報員《ちょうほう》シャノロッテ・グレゴリーですぅ。まあ元って言った方がいいですけど。

あ、この服は帝国軍に忍びこんでた時のものなのでご容赦を」

「……あなたが？」

シャノロッテと名乗る女を、頭から爪先まで観察する。

首の星紋は本物だろう。

そして帝国軍の服でありながら、帝国軍人でないことも恐らく事実。本物の帝国軍なら、
一人で堂々と現れずに応援を要請するに決まっている。

「太陽の王女ミゼルヒビィ・ヒュドラ・ネビュリス王女とお見受けします。あなたに話が

あるんですぅ」

いかにも下心丸見えの声で、親しげに笑むシャノロッテ。

「何やらお探しのご様子。そしてここ――」

そのシャノロッテが、屋敷をじっと見上げた。

物腰の柔らかそうな笑みとは裏腹に、屋敷の壁を凝視するまなざしは恐ろしく鋭い。

「へぇ。あの壁面についてるダクトは星霊エネルギーの抽出用かしら。ってことはここは星霊研究所?　しかも非合法の?」

「消えなさい」

その呟《つぶや》きを、ミゼルヒビィの一声が掻き消した。

「私はね、今とても腹が立ってるの。月の残党《ゾア》が何を企《たくら》んでいようと知ったことじゃない。付きまとうなら――」

「行き先を教えてあげましょうか」

「っ」

シャノロッテが懐《ふところ》から取りだしたのは、銃。

反射的に後方へ跳ぶミゼルヒビィ。だが放たれた弾丸は、ミゼルヒビィと部下の誰にも当たることなく――

茂みの監視カメラを撃ち抜いた。

「っ⁉　カメラ、あんなところに……！」

「伊達《だて》に帝国軍の隊長してませんわぁ。カメラの配置癖くらいは把握してますので」

ポイッと銃を放り投げるシャノロッテ。

「今までのやり取り、すべて帝国軍に見られていました。でも今からは安全。ね？　話、聞いてくれる気になってもらいましたか？」

「……特別待遇」

その場で腕組みし、月《ゾア》の諜報員を顎で指し示す。

さっさと話せと。

「ここの研究物を探していたなら、心当たりがありますよ？」

「っ！」

吐け。

そう命ずるより早く、シャノロッテが再び口を開いた。

「星霊研究機関オーメン。帝国で唯一の星霊研究が認められている公的機関で、帝国軍とも繋《つな》がりが深い施設です。ここの資料はそこに移されたのかなぁって」

「……場所を知ってるの？」

「もちろん。シャノロッテ・グレゴリーは、元帝国軍の隊長だったのでぇ」

満面の笑みで応じる月《ソア》の諜報員。

その裏に何かを秘めた笑み。皮肉にも仮面卿を想起せずにはいられない。

「取引しませんか王女サマ？」

「まず内容を言いなさい」

「あなたの星霊術で、私の力を強化してくださらないかしらぁ」

「……え？」

思わず声が出てしまった。

部下に加えてほしい。あるいは月《ソア》の有利に働く交渉があるかと思っていたが。

「……あなた、そんな独りよがりの交渉のために私を追ってきたの？」

「復讐したいんですよねぇ。帝国に」

ジッ、と弾ける火花。

黄褐色の星紋が輝き、シャノロッテの指先で小さな稲光が瞬《またた》いた。

「役立たずの月《ソア》にはウンザリ。私は、私一人で帝国をぐちゃぐちゃにしてやる。そのための力、あなたなら引き出せるのでしょう？」

「――――」

しばしの静寂を挟み。

「悪くない」

ミゼルヒビィは、月《ソア》の諜報員に向かって唇の端を吊《つ》り上《あ》げた。

「この世でもっとも気高い力で、あなたの星霊を極限まで高めてあげる。お互いの復讐が叶《かな》うといいわね」

2

「ミゼルヒビィ！」

「ノロちゃん⁉」

天守府第二ビル、会議室。

監視カメラの記録を一目見て、アリスとミスミス隊長の口から驚愕《きょうがく》が飛び出した。

極東アルトリア管轄区——

狂科学者《ケルヴィナ》の研究所での映像だ。映っているのは黒のスーツ姿をした配下らしき男たちと、彼らに囲まれた二人の女。

太陽の王女ミゼルヒビィ。

そして帝国軍に扮《ふん》した月《ソア》の諜報員シャノロッテ。

「……皇庁の王家の一つ、太陽《ヒュドラ》。……その王女に見えるわ」

アリスが映像を食い入るように凝視。

そこに、疑念が強く込められているのも伝わってくる。

あのミゼルヒビィがなぜ帝国に？

そして、なぜ狂科学者《ケルヴィナ》の研究所を襲撃した？

「おいイスカ」

肩に狙撃銃を担《かつ》いだジンが、怪訝《けげん》な面持ちで眉をひそめた。

「こいつ雪と太陽《スノウ・ザ・サン》の最上階にいた王女であってるか？」

「……僕もそう思う」

「わざわざ帝国にやって来たのは、お前への一方的な恨みじゃねえよな」

「…………」

否定はしきれない。

王女ミゼルヒビィの星霊『光輝《こうき》』に瀕死《ひんし》まで追いつめられながらも、最終的に自分たち《イスカ》は雪と太陽《スノウ・ザ・サン》からの脱出は果たした。

……その報復？

……僕らが雪と太陽《スノウ・ザ・サン》に侵入したように、今度は彼女《ミゼルヒビィ》が帝国に侵入したのか？

容易には信じがたい。

しかし他に動機が思い浮かばないのだ。

「へぇ、あの真っ青な髪の嬢ちゃんが王女ねぇ」

モニターを見上げる冥《メイ》が、獣のごとく犬歯を丸出しに唇を吊り上げた。

「大物じゃねえか。ってか魔女の三王家がこれで帝国に勢揃《せいぞろ》い……ははっ、こんな大奮発いいのか？　偽者《にせもの》じゃねえだろうな？」

「本物です」

割りこむキッシング。

紫を帯びたその瞳が、ゆっくりと輝きを増していく。

「……太陽のように燦々《さんさん》とあふれる星霊エネルギー。これだけ強力な力ですから、他人が星霊術で変身している可能性もないでしょう」

「じゃあ本物ってわけだ」

冥がますます愉快そうにヒュウ、と口笛。

「だがどういうこった。少数の部下だけ連れて帝国と戦争しに来たってか？　こいつをわざと目立たせて、裏でコソコソ仕掛ける陽動にしか見えねぇぞ」

「仕掛けとは？」

「全面戦争に決まってんだろ。いきなり全力で仕掛けてくるんじゃねえのか！」

キッシングへの返事ではなく——

冥の突きさす視線は、アリスに向けられたものだった。

「どうなんだ魔女の姫さん。いや女王の娘」

冥とアリス。

ほんの数秒、二人の視線が交差して。

「その意思はないわ」

アリスが首を横に振った。

「ヒュドラ家の王女が帝国に侵入したとしても……これは皇庁の総意じゃない。そんな場合じゃないのはわたしも理解しているし、女王陛下も帝国との全面対決は望んでないわ」

「どう証明するってんだ？」

二人が視線で互いを牽制《けんせい》しあう。冷たい緊迫が渦巻いて——

「証明してあげる」

アリスが指を打ち鳴らした。

控えていた燐《リン》から通信機を受け取って。

「わたしの通信機なら女王陛下に話ができるわ。今ここで連絡して、女王陛下の意思をそっくり聞かせてあげる」

「上等だ、満額回答以上じゃん」

片目を大きくみひらく冥が、愉快そうにアリスの顔を覗《のぞ》きこむ。

「通話先が本当に女王なのかって疑問はある。話すなら今すぐやりな。余計な細工をされちゃ困る。そして最終的に判断するのは天帝陛下だ」

「好きにして」

冥が、燐が、キッシングが。

そしてイスカが見守るなか、アリスは自分の通信機を握りしめた。

＝

白雲が流れていく。

深い蒼穹《そうきゅう》に棚引く雲が、千切れるように視界の端から端へと消えていく。

そんな光景を前にして——

「アリス⁉」

ミラベア・ルゥ・ネビュリス8世——現女王は手元の通信機を握りしめていた。

発信者の名をじっと見つめて。

「私です」

『女王陛下！』

息を切らせた娘《アリス》の声。

『今すぐお話ししたいことが！』

「今すぐ？　わかりました、すぐに用意をしますので五分後にこちらから——」

『いえ』

娘の声に、力がこもった。

『この場でお願いしたいのです。王女としてのお願いです』

「…………わかりました」

ただ事ではないと、ミラベアも第一声で察していた。

私用の通信機で、娘《アリス》は自分を「女王様《おかあさま》」と呼ぶのだ。

……娘《アリス》は、対外的な対応を求めている。

……この会話を何者かに聞かれている。それを承知でかけてきた？

だからこそミラベアも「五分後」という要望で部下を呼びつけ、記録と傍受を頼もうとしたのだが。

「話を聞きましょう。何ですかアＡ、アリスリーゼ」

『女王陛下、率直にお訊《たず》ねしますわ』

「はい」

『女王陛下に、全面戦争のおつもりはありますか？』

「っ？」

『無礼を承知でお訊ねします。もしも……皇庁に多数の犠牲が出ることを覚悟のうえで、帝国を滅ぼせるとしたら。陛下はその選択を取りますか？』

我知らずのうちに眉をひそめた。

どういう意味だ？　反射的にそう聞き返したくなるのを堪《こら》え、言葉の裏を探る。

――全面戦争。

自分《ミラベア》が王女として生まれ、女王聖別儀礼《コンクラーヴェ》を経て女王に選出され、今この時に至るまで、いったい何千回その言葉を聞いたことか。

「アリスリーゼ、私の答えは一つです」

自分《ミラベア》は、娘に嘘《うそ》をつく気はない。

この通信で他に誰が聞いているかわからないが、少なくとも娘は、この場で真実を話すことを望んでいる。

「その条件でなら、私は全面戦争は望みません」

『――――』

「理由が必要ですか？」

『……お願いします』

「私が星霊部隊にいた時の経験則です。帝国軍は手強《てごわ》い。全面戦争での『多数の犠牲』が、実際には『尋常ならざる犠牲』であり『取り返しのつかない犠牲』になることを、私は我が身で思い知りました」

それこそが――

女王ミラベアの嘘偽りない本心であり、これ以上ない理由だ。

……全面戦争で。

……娘たちを失う危険もある。そんなことを望む親がいますか？

思えば。

王女時代、自分をもっともよく知る男に言われたことがある。

〝ミラ。お前は女王にそぐわない〟

〝なぜですサリンジャー。なぜ……そんなことを言うためにここに来たのですか！〟

〝お前は虚《うつ》けだ。冷酷になりきれない〟

自分にはできない。

仮面卿《きょう》のように――いっそ親族さえも駒として割りきる覚悟があるのなら、全面戦争に舵《かじ》を切ることもできただろうが。

……切り札と思えた始祖様がいれば、まだ話は違ったのですが。

……その始祖様も目覚めてどこかへ消えてしまった。

とどのつまり戦力不足。

帝国と皇庁の勢力図を塗り替えるような、そんな夢のような力はない。

「そしてアリスリーゼ、あなたでしたね。皇庁の最大の脅威は帝国ではなくイリーティアだと言ったのは」

『……その通りです女王陛下』

通信機の向こうで、娘が頷《うなず》く姿がありありと想像できた。

『イリーティアお姉さまは、皇庁も帝国も見境なく壊そうとしています』

「…………」

『その手段が、星の奥底に眠っている怪物を目覚めさせること。わたしはお姉さまを追いかけたい。そして止めたいのです』

「私からも訊ねます」

娘に向けて。

「その話が急ぎの件ですか？　私には、これが急を要することだとは考えにくいのですが」

『月《ゾア》と太陽《ヒュドラ》が結束しました』

「……何ですって？」

『帝国の国境が突破され、現場の監視カメラに映像が残っていたのです。そこに映っていたのが月《ゾア》の密偵と、太陽《ヒュドラ》のミゼルヒビィです』

「…………」

にわかには信じがたい報《しら》せだ。

月《ゾア》と太陽《ヒュドラ》は、力ずくで全面戦争の引き金を引くつもりか？

だが統率者は？

仮面卿と当主グロウリィが欠けた月《ゾア》は、文字どおり満月とは程遠い。さらに言えば、太陽の当主タリスマンがそんな短絡的な行動を起こすとも思えない。

「確かですか？　大きく勢力を失った月《ゾア》が捨て鉢の攻勢に賭けるのはまだしも、あのタリスマンがそんな軽率な真似《まね》を……？」

『違うのです』

何が違うのか。

ミラベアがそう訊ねようと口を開く、その前に――

『率いているのはミゼルヒビィです』

「彼女が!?」

驚愕《きょうがく》が、ミラベアの声を一段大きいものにした。

ミゼルヒビィの先制攻撃となれば大事《おおごと》だ。

星霊部隊の攻撃とは意味が異なる。王女の行動ともなれば、皇庁の総意と見なされても不思議ではない。

……小競《こぜ》り合《あ》いでは済まなくなる。

……なるほど。だから急を要する事態だとアリスが慌てていたと。

通信機を手に、ミラベアは小さく頷いた。

「話が見えました。速やかにミゼルヒビィを止める必要があります。一国の王女が攻撃を仕掛けたとなれば、それが皇庁の総意と思われてしまいますからね」

『はい。わたしが彼女を止めに行くつもりです』

「それは心強いですが、ミゼルヒビィはもう帝国にいるのでしょう?」

『ご心配なく女王陛下』

次の娘の言葉に——

ミラベアは、我が耳を疑った。

『わたしがいるのも帝国です。天帝の屋敷《やしき》に賓客《ゲスト》として招かれています』

「…………はい?」

娘が? 帝国に? 天帝の屋敷に?

なぜ? どうやって帝国領に入った?

捕まったのか? だが賓客《ゲスト》とは?

燐《リン》も一緒に? 天帝の屋敷とは、つまり天帝と出会ったのか?

間欠泉のごとく疑問が次から次へと湧き上がってしまい、どこから聞けば良いのか言葉に困ってしまう。

「…………ええと……あなたはカタリスク汚染地に行っていたはずで——」

その瞬間。

通信機の画面に、茶髪の従者が映りこんだ。

『申し訳ありません女王陛下! 本来なら真っ先に報告するところ……』

「燐っ！　あなたもアリスと一緒なのですね！」

思わずアリスと言ってしまった。

だが訂正する間も惜しい。とにかく聞きたいことが山積みだ。

『アリスリーゼ様と私は無事です。帝国領ですが、帝国軍に囚《とら》われているという状況ではありません』

「……安心しました。それだけ聞けば今は十分です」

『シスベル様が、天帝の書簡を預かって皇庁に向かったところです。帝国と皇庁の争いについて、その根幹となる話をしたいと』

「……訂正します。やっぱり事情が気になります」

はぁ、と大きく溜息《ためいき》。

この嘆息が、どうか通信機の向こうにいる燐とアリスにも伝わってほしい。

天帝の書簡？

いったい何事だというのだ。

「…………いま私はとても取り乱しています。ただ……」

車窓を開ける。

髪をなびかせる冷風が、興奮で火照《ほて》った肌に心地よい。

「シスベルが帰国するという話は、少し前に本人から通信がありました。私も王宮を出て、既に中立都市へ向かっているところです」

そう。

ミラベアの現在地は、シスベルの従者シュヴァルツの運転する車内である。

女王自ら王女《シスベル》を迎えに行く。

今までシスベルの帰還をさんざん妨害されてきた。

ならば自分が娘を保護するのがもっとも確実だ——と。大臣らの不安を押しきって城を出たのが数時間前である。

「燐、もう一度アリスリーゼに代わってもらえますか」

『代わりました女王陛下』

「聞きたいことは山積みですが、あなたと同じくシスベルも事の次第をすべて知っている。ならば私がシスベルを保護するのが一番早い。そうですね？」

『はい』

「ではシスベルから全て聞きます。あの子の保護は任せてください」

『お願いします女王陛下』

通信が切れる。

静かになった車内でふぅと息を吐き、ミラベアは運転席の老従者に目配せした。

「まったく。お転婆な娘たちで困ります」

「三十余年前、女王様のお転婆に振り回されていた従者《わたし》の気持ちを理解していただけたでしょうか」

「……それは別の話です」

バックミラー越しに目が合う老人──かつての自分の従者からさりげなく目を逸《そ》らし、女王《ミラベア》はそっぽを向いたのだった。

3

「へぇ？　今のが女王か」

天守府、会議室。

机の上にあぐらで座る冥《メイ》が、アリスを見やる。

「……ま、いい。最終的な判断は天帝陛下がするとして、皇庁《てめえら》が帝国軍《あたしら》と今すぐやり合う気はないって話はひとまず呑《の》む。狂科学者《ケルヴィナ》の研究所を襲撃した太陽《ヒュドラ》の魔女は、まったくの個人的感情で動いていると」

「そうとしか思えないわ」

冥の視線を受けとめて、アリスが静かに首肯。

「太陽《ヒュドラ》は、女王陛下の命を狙った爆発事件を起こしたわ。許すわけにはいかない。ミゼルヒビィはわたしが止める」

「いいぜ。魔女同士で潰し合うってなら大歓迎だ」

冥が、その鋭い犬歯を覗《のぞ》かせて嗤《わら》った。

「連中はもう雲隠れした。行き先がわかり次第そこまで送ってやるよ」

冥とアリスの会話。

そのやりとりを見守りつつ——イスカが横目を向けた先では、ミスミス隊長が恐ろしいほど深刻な表情で俯《うつむ》いていた。

「隊長？　どうかしましたか？」

「っ！」

ミスミス隊長が我に返って顔を上げる。

「……だ、大丈夫！　アタシは大丈夫だよ！」

「そういう時の隊長《ボス》は大丈夫じゃねえだろうが」

ボソッと返すジン。その隣では音々も気づいていたのか、「何かあったの？」と不安げな表情だ。

「……ううん。本当にちょっとした考え事」

ミスミス隊長が、苦笑いを浮かべて「えへへ」と口にする。

苦笑い。

いつも喜怒哀楽をくっきりと表す隊長が、こうして感情を混ぜこぜにすること自体が珍しい。それだけの悩みがあるのだろう。

「……ほら、冥さんもアリスさんも太陽《ヒュドラ》に注目してるでしょ。でも……アタシが気になるのはやっぱりノロちゃんの方なんだ……」

「シャノロッテか」

モニター映像を見上げるジン。

数分前には、元帝国軍の隊長であるシャノロッテが確かに映っていた。ミゼルヒビィと何かを話していたが。

「ハ、ハ、ノロちゃんね。ったく隊長《ボス》らしい」

「…………」

「ミュゼル峡谷であれだけ派手に隊長《ボス》を裏切って、電撃浴びせて、捕まえて捕虜にしようとしてた相手だぞ」

「……うん……わかってるんだけどね……」

バツの悪そうな表情で、ミスミスが大きく溜息。

「アタシ、まだノロちゃんのこと敵って決断しきれないっていうか……あ、もちろん仲良くしたいとか思ってないよ？　ただ、ね……」

ミスミスが言葉を濁す。

――元同僚。

ミスミスに優しく接していた表情すら、シャノロッテにとっては計算ずくの演技であったのは言うまでもない。

それは本人が一番わかっているはずなのだ。にもかかわらず。

「……ノロちゃんと、もう一度話せないかな」

「やめとけ」

ジンの即答。

「挨拶代わりに電撃食らわされるか銃弾ぶっ放される。どうしてもって言うならシャノロッテを拘束した後にしろ」

長い、長い沈黙を挟んで。

「…………そうだね」

ミスミス隊長は、再び、苦笑いの表情で頷《うなず》いた。

4

陽射《ひざ》しが、大地を焦がしていく。

じりじりと熱線に炙《あぶ》られた黄砂の大地は乾き、罅割《ひびわ》れて、わずかな雑草だけが点在する荒野と化している。

その荒野の一角に、芸術の都がある。

――中立都市エイン。

イスカとアリスが何度かの遭遇を果たし、そして始祖ネビュリスとの激戦の地となった都市の入り口で。

「女王様《おかあさま》、それにシュヴァルツ！」

駐車場に駐《と》まった一台の車。

そこから顔を見せた金髪の女性と老従者へ、シスベルは一目散に駆け寄った。

「シスベル、あなたなのですね！」

「お嬢、よくぞご無事で！」

車から出てくる二人。

両手を広げる女王の胸へ、シスベルは息を切らせて飛びこんだ。

仰天するだろう。

「女王様《おかあさま》！」

「……よく無事でしたね」

シスベルを抱きとめた金髪の女性。

上品な上着に、麦わら帽子のように鍔《つば》の広い帽子、そして目元を隠すサングラス。

有名俳優のお忍びの姿にも見えるが、その正体を知れば、ここ中立都市エインの誰もが仰天するだろう。

——ネビュリス女王ミラベア・ルゥ・ネビュリス８世。

世界二大国の一つを統《す》べる女王その人なのだから。

「……女王様《おかあさま》の格好、見慣れてないから少し戸惑いましたわ」

「私もです」

サングラスのレンズの奥で、女王《はは》がぎこちなく苦笑い。

「公務以外で皇庁《くに》の外に出たのは何年ぶりでしょう。この服、可笑《おか》しくないですか？」

「……可笑しいです。いかにもお忍び用で不審人物ですわ」

女王《はは》の胸に抱かれたまま、シスベルはふっと息を吐き、そして吸いこんだ。

女王《はは》の香水の匂い。

服が違っても、この匂いは変わらない。

「……女王様《おかあさま》がここまで迎えにと聞いて耳を疑いました。平気なのですか？」

「平気ではありません。でもあなたの無事を確認するほうが大切です。あなたも、そしてシュヴァルツも。よく戻ってくれました」

「っ！　そうですわシュヴァルツも！」

女王様《おかあさま》に抱きついたまま、振り返る。

老従者シュヴァルツがあまりに自然に横にいたから、つい失念していたが……。

「シュヴァルツ、あなたも太陽《ヒュドラ》に連れ去られたと！」

「……お恥ずかしい限りです」

老従者が控えめに頭を下げる。

ここが王宮ならシスベルが良しと言うまで頭を下げていただろう。しかしここは中立都市の駐車場だ。周りには観光客の目もある。

「詳しいご報告は車中にて。一時間ほど走れば空港がありますので、そこで皇庁行きの輸送機に乗り換えましょう」

「あ、待ってシュヴァルツ！　実は……」

「そろそろ私《わたくし》めもご挨拶させていただいて宜《よろ》しいですか？」

シスベルが上げた声、そして背後からの声。

二つはまさしく同時だった。

……コツッ。

シスベルの背後で響いた靴音が、数歩分だけ近づいてきて。

「女王陛下、お初にお目にかかります」

黒縁の眼鏡をかけたスーツ姿の女性が、恭《うやうや》しく頭を下げた。

女王陛下――

まばらに人が行き交う駐車場で、躊躇《ためら》わずそう口にする。それが微《かす》かな皮肉であることを察したのは、この場でシスベル一人だけだろう。

「璃洒《リシャ》と申します。恐れ多くも、シスベル王女をお連れする大役を賜りました」

「感謝します」

小声で応じる女王が、頷いた。

「あなたは、砂漠の国アルサミラでシスベルが雇った護衛ですね」

「おっと一つ訂正が」

璃洒が肩をすくめてみせて。

「護衛は護衛でも、ウチが尽くす相手は天帝ユンメルンゲン陛下」

「っ⁉」

女王が身震い。

ここが中立都市でなければ、間違いなく女王はこの場で身構えていただろう。

「いやはや驚きでした。まさか女王陛下が直々にね。これならウチも安心して任務完了。ここで失礼いたします」

「……？」

女王が訝《いぶか》しげに目を細める。

さりげなく、片手でシスベルを抱き寄せながら。

「使徒聖ならば、私の首を狙う絶好の機ではないですか？」

「至極真っ当なお考えです女王陛下。ですがそういう状況じゃなくなったんですよねぇ」

「……というと」

「帝国は皇庁と争っている状況にない。……あ、シスベル王女に、天帝陛下の書簡を預かってもらっています。読み終えたら燃やしていいですよ。盗聴器も発信器もついてないですが念のため」

「……なるほど。アリスが言っていたのはこういう事でしたか」

忌々《いまいま》しげに顔を歪《ゆが》める女王。

ネビュリス皇庁の人間からすれば、天帝といえば怨敵中の怨敵。さらには最も謎めいた人物だろう。

「書簡の中身、あなたがここで話してくれませんか？」

「あ、な、た、の長女が大変なこと、を、し、で、か、し、て、く、れ、た、と。その話ですよ」

「っ！」

「それじゃ。ウチはこれで失礼します」

娘を庇《かば》う女王に一礼し、璃洒はくるりと背を向けたのだった。

駐車場を抜けて。

街の大通りから路地裏へと進んで――

「ふーっ……あーヒヤヒヤした。あれが魔女の女王さんね」

璃洒は薄暗い壁によりかかった。

獣がもっとも凶暴になるのは、我が子を守る時。我が子《シスベル》を守ろうと女王が殺意剝《む》き出《だ》しに星霊術を放ってきやしないかと。

あれだけ余裕たっぷりに見せながら、璃洒も内心はハラハラだった。

「女王が思いのほか冷静で助かったわねっと。――ああどうも冥《メイ》さん」

取りだした通信機。

通信先は、天守府に控えている同僚だ。

「そっちどうです？　何か有意義な情報は？」

『あった。帝国の検問所を破壊したのは太陽《ヒュドラ》の王女ミゼルヒビィだってよ。あと月《ゾア》の……下《した》っ端《ぱ》だからそっちは名前忘れたけどな』

「大物じゃないですか」

『ちっと雲行きが怪しい。心当たりがないんだとさ』

通信機のモニターが点灯。

冥が送ってきた映像は、冥の後ろでやり取りを交わす二人の王女だ。

アリスリーゼとキッシング。

『こっちには星《ルゥ》と月《ゾア》の王女がいる。その二人が、太陽《ヒュドラ》がなぜ帝国に侵入してきたのか、さっぱり想像がつかないんだと』

「……しらばっくれてる線は？」

『わかんね。つぅかその線は考えても判断不能じゃん？』

　冥が大アクビ。

『だから戦わせる。太陽の王女《ヒュドラ》が次に帝国内で顔を見せたら、こっちの王女二人を派遣して潰し合いだ』

「次はどこに現れると思います？」

『それがわかりゃ苦労はしねぇよ』

　通信向こうで。

　アクビを噛《か》み殺した冥が、チッと小さく舌打ちしてみせた。

『いっそバカ正直に帝都に攻めこんできた方が手っ取り早いんだが、そういう気がしねぇ。面倒くさそうだ』

「へえ、冥さんがそう思う根拠は？」

『奴《やつ》らが襲った場所だ。狂科学者《ケルヴィナ》の地下研究所……帝都に攻めこむしか能が無いバカが、わざわざ無人の屋敷《やしき》を狙うか？　次も何か狙ってるぞ』

「了解っと。ウチは陛下から色々と頼まれてるんで、あと任せますよ」

　通信を切る。

はるか彼方《かなた》の帝国領を仰ぐように振り返り、璃洒は独り言のように口にした。

「……だとすると次に狙われるのは……」

Chapter.3 『この世でもっとも強い力』

1

帝国軍、帝国全域における警備強化。
さらに帝都への通行規制を二段階引き上げ、帝国に潜伏していると思《おぼ》しき王女ミゼルヒビィを特命手配。
王女はどこに隠れ――
そして何を狙っているのか――

「知らん!」

燐《リン》の怒鳴り声が、アリスの部屋に響きわたった。

天井のシャンデリアが揺れんばかりの勢いで叫んだ燐が、ふんと腕組み。

「いいか帝国剣士! 私もアリス様も、ミゼルヒビィ王女が何を企《たくら》んでいるかなど塵《ちり》一つ分も知らん！」

「……まだ何も聞いてないけど？」

「顔がそう言っている！」

「……僕は、昼ご飯の要望を聞きたかっただけで」

「うるさい！」

怒られた。

自分《イスカ》は正直に答えただけなのに。

さらに言うなら、天守府という窮屈な居住地のなかで、せめて食事だけは不自由な思いをさせないための配慮だったのに。

「アリス様はジャム付きパンケーキ、私はジャガイモ入りのオムレツだ」

「普通にそう言えばいいじゃん⁉」

「空気を読め。ミゼルヒビィ王女の件で、ピリピリしているのはお前たち帝国軍だけではない」

そう言う燐は、いかにも不機嫌そうな仏頂面《ぶっちょうづら》だ。

「太陽《ヒュドラ》はシスベル様を誘拐した黒幕だぞ。さっさと帝国軍にでも捕まってしまえばいい。同情の余地はない」

「……その意見は覚えておくよ。ちなみにそっちは？」

「何か用ですか、イスカ？」

コン、コン、カツン……と。

一心不乱に金槌《かなづち》を振るっていた月の王女キッシングが、艶やかな黒髪をなびかせてこちらに振り向いた。

「わたしは多忙なのですが、察するに……帝国に侵入した月《ゾア》と太陽《ヒュドラ》の狙いが何なのかの検討ですね。わたしの意見を聞きたいと？」

「話が早くて助かるよ」

キッシングが無言で首肯。

どうぞ何でも聞いてください。そんな意味合いなのだろう。

「たとえば月《ゾア》が、帝国にいる王女の君を助けようとして侵入してきた線はありえるか？仮面卿《きょう》が倒れた今、君だけは助けようとしてやってきたとか」

「考えられません」

王女の即答。

「ゾア家に伝わっている情報があるとすれば、オン叔父さまやわたしに何かが起きて音信不通になっていることだけ。わたし一人だけが奇跡的にイリーティアの『星歌《せいか》』から逃れたことなど、誰も知らないでしょう」

「その手がかりを求めてやってきた可能性は？」

「無いと思います」

黒髪の少女が首を横に振る。

その合間も、金槌を振るう手は休めずにだ。

「だとしたら帝国に隠れ潜み、オン叔父さまやわたしの消息を調べることに精力を傾けるはず。でも国境検問所《チェックポイント》が破壊され、続いて帝国の施設が襲われた。わたしの消息を知りたいのなら目立つ行動は取りません」

「……ごもっとも」

イスカとしても頷《うなず》くしかない。

……実は、第九〇七部隊《ぼくら》も会議室で同じことを検討してきたんだけど。

……キッシングの意見とまったく同じ結論だった。

だからこそ悩ましい。

敵の狙いが読めない＝《イコール》次の出現場所が予想しにくいからだ。

「じゃあ太陽《ヒュドラ》と月《ゾア》の狙いは何だと思う？」

「カメラに映っている月《ゾア》は密偵一人のみ。……名前はシャノロッテでしたか。つまり月《ゾア》の組織行動ではなく、彼女一人の独断では？」

「……一人で、か」

可能性はある。

シャノロッテ元隊長なら、帝国人として完璧に振る舞ってみせるだろう。何一つ疑われずに街を歩けるはず。厄介この上ない存在だ。

「無理を承知で聞くけど……キッシング、君がシャノロッテに仲裁をもちかけることはできないかな。ミスミス隊長もできれば話がしたいって言ってる」

「難しいです」

「だよね。ちなみに理由は？」

「見ての通りです」

そう答えた黒髪の少女が、頬に手をあてて弱々しく俯《うつむ》いた。

「…………わたし……口下手ですから」

「喋《しゃべ》りまくってるじゃん⁉　むしろ饒舌《じょうぜつ》だよ！」

「見知った相手なら平気です。帝国軍ではイスカ、あなた一人だけですね」

その途端——

ソファーに座って押し黙っていたアリスが「むっ！」と睨《にら》みつけてきたのだが……当の

キッシングがそれに気づいた様子はない。

「わたしとしては太陽《ヒュドラ》の意図が気になります。組織としての統率が見えません」

「……見えない？」

「当主タリスマンはどこに行ったのか。帝国軍の監視カメラに王女は映っていた。けれど当主は映っていなかった」

コンッ。

一際《ひときわ》強く、キッシングが金槌を大きく打ち下ろした。

「オン叔父さまが言っていました。当主タリスマンはまさしく太陽のごとく一族を照らす光だと。王女も部下も、当主という光の下で育つ若木に過ぎない。ならば、その当主はどこへ行ったのでしょう？」

「……あの男が太陽か」

自分《イスカ》にとっても因縁浅からぬ男だ。

ルゥ家の別荘にやってきた当主タリスマンは、まさしく太陽のごとく朗らかで穏やかな眼差《まなざ》しを湛《たた》え――――屋敷にいる者すべてを殲滅《せんめつ》しようとした。

海千山千の曲者《くせもの》であり古強者。

それが自分《イスカ》の印象だが、他の王家にとってもタリスマンはそれほどの曲者に映っていたのだろう。

「逆を言えば、当主抜きでミゼルヒビィがなぜ――いたっ！」

黒髪の少女が小さく悲鳴。

どうやらトンカチを振り下ろした際、自分の指にぶつけてしまったらしい。

「気が逸《そ》れてしまいました。あなたが話しかけるから」

「今さら⁉」

「謝罪を要求します」

「……ごめん」

「身体《からだ》で支払っていただきます」

「身体っ⁉」

「身体ですって⁉」

自分《イスカ》以上の大声で叫ぶや、ソファーからアリスが立ち上がる。

目をギラリと輝かせ、眉を吊《つ》り上《あ》げて。

「今の今まで黙って聞いていれば……ど、どどどういう意味よ！　イスカに身体で支払わせるって――」

「紅茶を一杯ついでくださいという意味ですが」

「……あ、あらそうなの？……それならまあ……」

アリスがふぅと胸をなで下ろす。

が、すかさず首を突っ込んできたのが従者の燐だ。

「アリス様、いったいどういう想像をされたのですか。身体で支払うについて」

「な、何も想像してないわよ⁉　わたしはただ――」

呼び出し音《インターホン》。

いかにも電子的な音が、立て続けに連打されたのはその時だった。

「イスカ君！」

転がるように飛びこんで来る、ミスミス隊長。

「襲撃だよ！　例のミゼルヒビィ王女が！」

「！　やはり帝都が狙いですか⁉」

「違う」

肩に狙撃銃を提げたジンが、舌打ち。

「奴《やつ》らの狙いがわかった。星霊だ」

「……星霊？　帝国のどこにそんなものが」

「ある。帝国で唯一公認されてる機関があるだろうが。俺らも人体実験みてぇな真似《まね》されただろ。人工星紋を開発した施設だよ」

「っ、オーメン研究所か！」


〝帝国軍は百年かけて皇庁に侵入しようとしたけど、結局すぐ見破られちゃったってわけ。だけど今回はイケルと思うんだよねー〟

〝『オーメン』の研究者が総出で頑張った技術の結晶よん？〟


たとえば人工星紋。

璃洒《リシャ》が持っていた小さな円筒容器、それを身体に押しつけるだけで星紋が付与される。

その開発元こそ『単一集積知能体オーメン』。

帝国領で、唯一、星霊研究が認められている機関だ。

──裏を返せば。

──だからこそ狂科学者《ケルヴィナ》の違法研究が異彩を放っていたのだが。

その狂科学者《ケルヴィナ》の研究所が最初に狙われた。

続いてオーメンの研究所まで？

「追加報告！」

息を切らせて走り込んでくる、音々。

「第四州都にあるオーメンの研究所の、施設の半分以上が占拠されたって！……もちろん帝国軍もいるし、中の研究員さんたちも反撃してるけど、もう十人以上の人たちが捕虜になってるって……イスカ兄、これ見て！」

通信機のモニター映像。

煌《きら》びやかな瑠璃色の髪をした少女は、ミゼルヒビィに違いない。

研究所の廊下を我が物顔で進んでいく姿——だがイスカの目は、そんな彼女の後ろを歩く人影に釘付《くぎづ》けになった。

全身から菫色《ヴァイオレット》の炎を滾《たぎ》らせた魔女が——

「ヴィソワーズ⁉」

イリーティアと同じく災厄の力を得た魔女。

シスベル誘拐など常に暗躍に回っていたヴィソワーズを、まさか帝国軍に晒《さら》すとは。

……ヴィソワーズの存在を知られてもいいと⁉

……余裕の表れ。あるいは、それほど切羽詰まっていての全戦力の投入か。

不穏なのが王女ミゼルヒビィの顔だ。

雪と太陽《スノウ・ザ・サン》で対峙《たいじ》した時の、あの悠然とした微笑が見られない。口元は強く引き締まり、その眼《め》も血走ってぎょろぎょろと動き回っている。

何かを探しているかのように。

「ミスミス隊長、向こうの要求は？　研究所を占拠して捕虜も確保したのなら、帝国軍に向けて何らかの要求がある気がします」

「……まだ来てないの」

ミスミス隊長が、おずおずと首を横に振る。

「司令部も人質の救助部隊を送ったけど、まだ施設を包囲しただけで内部突入できてないみたい。敵の誰がどんな星霊術を使ってくるか……」

「任せてもらえないかしら」

その声は——

今まで沈黙していたアリスが発したものだった。

「ミスミス隊長。ミゼルヒビィはわたしが止めるわ。もちろん指揮は帝国軍に従うことを約束する」

「ほ、本当に⁉　でもアリスさん、相手は同じ——」

「同胞じゃないわ」

未練を断ち切るがごとく。

アリスの口ぶりは、冷たく鋭かった。

「太陽《ヒュドラ》を許したくない。わたしにとって彼らはもう犯罪集団でしかないのよ」

「ではわたしも」

金槌《かなづち》で作業を続けていたキッシングが振り向いた。

「シャノロッテでしたか……イスカにお願いされた件、月《ゾア》の同志だというのなら王女《わたし》がいれば事を収められるかも」

「おいおい、棘《とげ》の魔女ちゃんもか？」

廊下側から近づいてくる声。

ボサボサの髪を掻《か》きむしりながら、冥《メイ》がアリスとキッシングを交互に見比べる。

「一応釘は刺しとくぞ。太陽の王女を捕まえる……なんてのが口実で、出会うなりお前ら三王家がまとめて寝返るなんて真似は考えんなよ」

「それはさっき釈明したわ」

アリスの即答。

「女王陛下との通信をあなたも聞いて――」

「ああ違う違う。あたしじゃなくて、帝国軍の部下ちゃんがその通信を聞いてねぇだろ？魔女《おまえ》を恐れる兵は多い。あたしの部下ちゃんがそういう不安を抱いてるってことは常に意識しとくんだな」

「っ」

　アリスが苦々しく口ごもる。

「……そうね。でもミゼルヒビィ相手に、わたしとキッシングが力になれるのも事実よ。帝国軍も無駄な犠牲は出したくないでしょ？」

「もちろん」

　冥がニヤリと笑みを深めて。

「魔女ちゃん同士の潰し合いはしてもらう。とはいえ現場の部下ちゃんの心情を考えると、お目付役であたしも行くか。イスカちゃんも付き合えや。……もう一人。できれば通信を任せられる奴がいい。面倒くせぇ連絡が増えそうだからな」

「あ、それなら音々かも？」

　オレンジ色の髪の少女が、自分自身を指さした。

「イスカ兄、音々がいこうか？」

「待て音々。……おい使徒聖殿、一つ質問だ」

　挙手しかけた音々を、ジンが制した。

「俺ら第九〇七部隊は機構I師になったばかりだ。天守府の警備はどうする？　そもそもアンタだって天帝の護衛があるはずだ」

「お前らに任せるわ」

冥が、ジンとミスミス隊長を指さした。

「天守府の護衛は、お前ら二人。璃洒ちゃんもじき帰ってくるしな」

「……使徒聖の第二席は？」

「あー、アイツねぇ」

ジンの指摘に、冥が珍しくも溜息《ためいき》。

そう、冥は第三席。

第一席のヨハイムが裏切ったものの、第二席がいまだ姿を見せていない。

天守府のどこかにいるはずなのだが――

「アイツはダメだ」

冥がやれやれと手を振って。

「あたし以上の魔女嫌いだ。天守府《ここ》に魔女の嬢ちゃんらを住まわせるって話になった時も、大反対して暴れだしたからな。姿見せねぇじゃん？　ここ最近は天守府じゃなく司令部の方に駐在させてる」

「……ってことは、本当に俺と隊長《ボス》で護衛か」

「問題だらけだが問題ないんじゃね？　数は少ねぇが天守府は監視センサーやらカメラで埋まってるしな。ってわけで出発準備だ」

冥がくるりと半回転。

この場の全員に背を向けて。

「『オーメン』から緊急連絡、至急救援を求むだとよ。念入りに支度してる時間はねぇ。十四分後に輸送機で離陸だ」

═══

高度一万メートル。

空を覆う白雲を突き抜けて、今、窓ガラスには雨雲を通過した時の雨粒だけがわずかにこびりついている。

真っ白い雲海を眼下に収め――

「女王様《おかあさま》、これが、わたしがご報告できるすべてです」

シスベルは、隣席の女王にそっと目配せした。

「自分で言うのは少し憚《はばか》られますが、独立国家アルサミラから、思えば大冒険の連続でしたわ」

「ええまったく。二つの意味で驚きました」

女王が額に手をあてる。

隣の席とはいえ、この機体はネビュリス皇庁の特別機だ。席の間隔は互いに一メートル近く離れている。

「十代の私も無茶をしたものですが、あなたの体験と比べれば微々たるもの……八大使徒。まさか帝国に、天帝以外の影の支配者たちがいたとは。真の邪悪が……」

「間違いありませんわ。わたしが『灯《ともしび》』で見た歴史です」

「その八大使徒をあなたが倒したのですね？」

「はい女王様《おかあさま》！」

力強く頷《うなず》いてみせる。

ちなみに戦ったのはルクレゼウス一人だけ。これも自分《シスベル》は加勢しただけで、倒したのは第九〇七部隊であるのだが。

「シスベル、あなたは、天帝ユンメルンゲンとも互角に渡り合ったのですね？」

「間違いありませんわ」

再び、自信満々に首肯。

なお「渡り合った」のは戦いや交渉でも何でもなく、暇つぶしに天帝と遊んだ盤ゲームなのだが、これも正確な報告は省略だ。

「天帝は強大な相手でした。ですがわたくし、その天帝相手に一歩も退きませんでした。そして数々の戦果を挙げたのです！」

「なんと！」

「女王様《おかあさま》、わたくし王女として立派に過ごしてきたのです」

ちなみに「戦果」とは、天帝に盤ゲームに勝った際のご褒美《ほうび》である。

戦果一、部屋の家具を増やしてほしい。

戦果二、食事に毎回フルーツを加えてほしい。

などなど。

間違ったことは伝えていないし、女王が喜ぶならばそれはそれで構うまい。

……それに、本当に大事なことはきちんと伝えたはずですわ。

……全部で五つ。

シスベルが、この飛行機内で報告した事項の数だ。

一つ――皇庁の敵は帝国ではなく、イリーティアと災厄。

二つ――イリーティアの暴虐により、仮面卿《きょう》を含む月の《ゾア》精鋭が壊滅した。
三つ――姉アリスは帝国に留まり、天帝から打倒イリーティアの情報を聞きだしている。
四つ――天帝ユンメルンゲンは星霊使い（の亜種）で、始祖と旧知の仲。
五つ――災厄を倒さねば星が滅びる。
　だが災厄を倒すことで、すべての星霊使いから星霊が失われるだろう。

　姉アリスが先に連絡した話とも一部重複するが、いずれにせよ、女王にとっては衝撃的な報告ばかりだろう。

　特に後半の四と五が。

「……先ほど、二つの意味で驚いたと言いましたが」

　女王が顔を上げる。

「一つ目はシスベル、あなたが大変な冒険をしたということ。そして二つ目が、あなたから教えてもらった五つの報《しら》せ」

「はい女王様《おかあさま》。信じがたい話かと思いますが」

「信じます」

　気づけば――

女王が、透きとおるような真摯な瞳でこちらを見ていた。

「あなたが太陽《ヒュドラ》に囚《とら》われ、危険な帝国に赴き、まさしく命の危機と隣あわせで手にした情報です。信じない理由がありません」

「……ありがとうございます」

「正直、身体《からだ》が二つ欲しいですね」

女王の呟《つぶや》き。

本音とも冗談ともつかない口ぶりで。

「私の代わりにシュヴァルツが政務を担《にな》ってくれたら、私がイリーティアを止めるために出向くのですが」

「っ！　そうですわシュヴァルツ、あなたに聞きたいことが！」

上半身をシートベルトで固定していたのも忘れ、シスベルは無理やり上半身をひねって後部座席の老従者に振り向いた。

「先ほどの続きです。太陽《ヒュドラ》に捕まった後、あなたはどこで何をしていたのです。それにどうやって助けられたのですか！」

自分《シスベル》が知っているのは、イスカから聞かされた話だけ。

――シュヴァルツは雪と太陽《スノウ・ザ・サン》の地下に囚われていた。

──だが第九〇七部隊《イスカたち》は彼を救出できず、脱走で精一杯だった。

その後を知らない。

第九〇七部隊《イスカたち》でないのなら、彼を助けたのは女王の救助部隊だろうか。

「……大変申し上げにくいのですが」

その一瞬。

老従者《シュヴァルツ》が女王に目配せした意味を、シスベルはすぐには理解できなかった。

「雪と太陽《スノウ・ザ・サン》に囚われた私めを解放したのは、サリンジャーです」

「……あの魔人⁉」

耳を疑った。

自分《シスベル》は直接出会ったことはないが、三十年前には先代女王のネビュリス7世を襲撃し、さらに現代でもオーレルガン監獄塔で大暴れした大悪党だ。

あの悪名高い男が、人助けを？

「シュヴァルツ、あなたを解放する動機がサリンジャーにあったのですか？」

「……気まぐれでしょう。私を助ける明確な動機など、私でさえ思い当たりません」

老人が眉間に皺《しわ》を寄せる。

「しかし彼奴《あいつ》は、どうやら太陽《ヒュドラ》に恨みがあったと」

〝……サリンジャー。貴様が……私を奴《やつ》らから解放したのか〟

〝嫌がらせにな。太陽《ヒュドラ》は少々癪《しゃく》に障《さわ》るところがあった。捕虜《おまえ》がいなくなれば太陽《ヒュドラ》には痛手であろう？〟

本当に？

老従者《シュヴァルツ》の言葉を疑うつもりはないが、サリンジャーが太陽《ヒュドラ》を良しと思わないなら、雪と太陽《スノウ・ザ・サン》で暴れるだけでいい。

わざわざ人質を解放して安全な場所まで連れて行くだろうか？

……むしろ。シュヴァルツを助ける意思が明確にあった。

……そう解釈した方が自然なような。

そして、その場合。

サリンジャーという魔人に対する心象《イメージ》が、血も涙もない悪党から、多少変わることになる気がする。

「女王様《おかあさま》」

終始無言の女王へ、シスベルは再び顔を向けた。

「わたくしはサリンジャーを知りません。でも女王様《おかあさま》は、三十年前にその男と戦って捕らえた本人だったかと。その……シュヴァルツを助けるような義賊めいた真似《まね》をする者なのですか？　サリンジャーは」

「…………………わかりません」

長い、長い沈黙があった。

シスベルが覗《のぞ》きこむ女王の横顔は恐ろしいほどに真剣で、そして悩ましげに唇をきゅっと閉ざしていた。

「私が知っていたサリンジャーなら、そういう気まぐれもあり得るでしょう。ですが先代女王を襲ったサリンジャーなら、間違っても他人に配慮の手を差し伸べることなどしないはずなのです」

「？」

どういう意味だろう。

女王の言いぶりは、まるで、サリンジャーが二人いるかのように聞こえないだろうか。

「……私は臆病でした。シスベル」

女王が窓の向こうを見つめて。

「あなたは命がけでたくさんの事を見てきた。実感したはずです。知るという行為には、時として勇気がいる。……私もあなたを見習おうと痛感しました。王宮へ着いたら一つ頼みがあります」

「心得てますわ。女王様《おかあさま》が狙われた爆発事件も、わたくしの星霊で再現すればわかるはずです！」

「……いえ、再現してほしいのは別の過去です」

「というと？」

「それは王宮についてから話します。さて、だいぶ話が逸《そ》れました。私的《プライベート》な感情が混じってしまいましたが、ここからは女王として話します」

女王がふぅと息を吐き出した。

「イリーティアも星の災厄も放置はできない。それが私の結論です。なるほど、未曽有の世界危機が迫っている。だから帝国も譲歩的な姿勢を取ると」

帝国と皇庁の諍《いさか》いなど、無意味も同然。

ここで星の災厄を倒さねば世界が滅びるのだから。

「……しかし、なんと難しい未来」

女王が、座席の背部に深々とよりかかった。

「災厄を倒した先には、すべての星霊使いから星霊が消えてしまう未来が待っている……

鳥が翼をもがれるに等しい苦痛。それでもなお災厄を倒すという決断をできるかどうか。私もすぐには答えが出せません」

「……お気持ちお察ししますわ女王様《おかあさま》」

シスベル自身、女王とほぼ同じ心境だ。

理由は二つ。

星霊使いが星霊術を失うことは、自己の喪失にも等しい。

さらに星霊を失った皇庁が帝国軍に攻めこまれれば、皇庁はひとたまりもない。それを女王の立場で呑《の》めるわけがないのだ。

「シスベル、アリスもこのことを知っているのですね?」

「もちろんですわ」

「アリスは何と言っていましたか」

「…………」

この件について、自分は姉と直接話したわけではない。

だが見たのだ。星の民の郷《さと》で、長老から話を聞かされた姉の顔が自分とまったく同じように青ざめていたのを。

「……たぶん、同じ悩みと闘っていますわ」

2

帝国、第四州都ヴィスゲーテン。

ここには帝国でほぼ唯一「埋められずに」保管された星脈噴出泉《ボルテックス》が存在する。

その管理を担うのが――


――単一集積知能体『オーメン』、第一研究所。


帝国の星霊研究のすべてがある。

常に最新鋭の防衛体制《セキュリティ》が敷かれ、敷地内《しきち》には帝国軍が駐在している。

が――

その防衛体制《セキュリティ》も帝国軍も、まとめて踏みにじられた。

まさか純血種十人分に匹敵する力が押し寄せてこようとは、この機関とて想定しようもなかったのだ。


噴き上がる黒煙。

ぶすぶすと、施設の至るところから黒い煤《すす》が噴き上がる。

敷地はあちこちが焦げ、あるところでは巨大な陥没が、あるところではコンクリート壁が跡形なく崩壊している。

散乱した銃。

これは帝国兵が必死に応戦したものの、撤退に追いやられた敗戦の証《あかし》だろう。

「良《い》いとこねぇなぁ。これボロ負けじゃん？」

暗視機能付きの双眼鏡を覗きこむ、冥《メイ》。

――真夜中。

帝都からはるばる第四州都《ヴィスゲーテン》に到着した時には、もう空は黒の帳《とばり》に覆われていた。

煌々《こうこう》と照明のついた白塗りの建造物――オーメン研究所を見回す冥が、もう片手で通信機を取りだして。

「おい璃洒《リシャ》ちゃん、まだ帝都に戻ってこねぇの？」

『陛下に面倒事を命令されたんですよ。せっかく外に出るなら天帝参謀として中立都市に挨拶しておいでと。ほら、災厄との戦いで世界各地に支援を要請するかもしれなくて。その根回しです』

「外交もいいけどよ、国内がご覧の有様《ありさま》なんだが？」

冥が深々と溜息《ためいき》をついてみせる。

「で、ネームレスちゃんは？　アイツ、確かここで治療受けてただろ。『罪』の星霊とかいう呪い系の星霊浴びて」

『とっくに治療を終えて通常任務ですよ』

「タイミング悪いねぇ」

そう応じる冥が、後方の部下たちを手招き。

――作戦本部。

オーメン施設の敷地から十数メートル先に設置された軍用テントは、その内側の壁に、ずらりとモニターを備えつけている。

映像は、研究所の見取り図だ。

正面玄関、裏口、緊急脱出扉など。どこに人質が集まり、どこに敵勢力がいるかの分析中である。

「隊長ちゃん、向こうから接触は？」

「敵勢力、沈黙しています」

姿勢を正す本部隊長。

「研究所から既に脱出した可能性も考えられましたが、先ほど、研究所の二階と一階で強力な星霊エネルギーを複数感知しました。純血種の力かと」

「じゃあミゼルヒビィだな」

通信機を握る冥が、モニターをじっと睨《にら》みつけて。

「二階から反応アリってことは中央制御室だ。つまり監視カメラは奴らに逆利用されてると思った方がいい。連中、何がしたくて帝国の星霊研究所に引きこもってやがる？　なぜ出てこない？　おいイスカちゃん？」

「……僕も気になってるところです」

冥の問いかけに、イスカは小さく首を横に振ってみせた。

……実際、何から何まで異常なんだ。

……いくら精鋭揃《ぞろ》いとはいえ、十数人でこうも大暴れを企てるものなのか？

ミゼルヒビィの星霊『光輝』は、他者の星霊を極限まで高め上げる。

純血種十人分にも匹敵する軍勢を生みだす力は、一人の星霊使いとしては最大級の脅威だろう。

……ただし、それが帝国外の戦場ならばだ。

……あんな施設に籠もっているかぎり、地の利はこっちにある。

最終的には、帝国軍はミサイル投下で研究所を爆撃することも可能なのだ。

それが理解できぬ相手ではない。

だからこそイスカにもわからない。いったい太陽の王女の狙いは何だ？

「……ちっ。これ長引くんじゃやね？」

冥が、いかにも不機嫌そうに髪を掻《か》きむしる。

「監視カメラは敵に落ちた。施設に突入しようにも、こっちの動きを監視できる星霊がいたとしてもおかしくねぇ。こりゃ面倒だ」

「……あのぉ」

控えめな声は、イスカの背後からだった。

明るいオレンジ色の髪をまとめた少女が、怖《お》ず怖ずながら手を挙げて。

「……璃洒さんってまだ通信聞いてます？　音々、璃洒さんに一つ教えてほしくて」

『ん？　なんだい音々たん』

冥の手にした通信機から、璃洒の声。

『音々たんから質問なんて珍しい。興味あるから言ってごらん』

「ええと……狂科学者《ケルヴィナ》が研究してたのは星霊じゃなくて災厄の力ですよね。その研究物、帝国軍が押収《おうしゅう》したのかなって」

『うん。もうとっくにね』

「それって今どこにありますか？」

その瞬間――

イスカと冥が同時に目をみひらき、通信機の先で璃洒が押し黙った。

『……それ、ウチも匂うと思ってたのよねぇ』

璃洒の苦笑い。

『星霊研究ではるか未来を行くヒュドラ家が、わざわざ後進である帝国の星霊研究施設を狙った。成果《リターン》と代償《リスク》が釣り合わないけど、狂科学者《ケルヴィナ》の実験資料なら釣り合うわ。魔女化の研究成果の独占ならね』

「資料は璃洒さんが持ってるんですか？」

『それが違うのよ音々たん。資料を押収したのは帝国軍だけど、違法とはいえ星霊実験だし一番詳しい使徒聖に任せたの。担当してたのは――』

「ニュートンちゃん」

……はぁ、と。

作戦本部のテントに、冥の盛大な溜息が響きわたった。

「星霊研究なんて物好きは使徒聖に一人っきゃいねぇ。そういやニュートンちゃんもこの施設の研究員……あれ？　ってことは人質になってないか？　おい隊長ちゃん？」

「げ、現在確認中です！」

「急げよ。ニュートンちゃん、頭は切れるが戦いはからっきしだ。アイツが人質になってたら色々と面倒だぞ」

指揮官の椅子に飛び乗る、冥。

「狂科学者《ケルヴィナ》の研究資料だとしたら倉庫だが、にしてもここは倉庫が多すぎる。敷地内だけでも大型倉庫が八個あるじゃねえか」

「……太陽《むこう》も探しあぐねてるのかも」

音々の呟《つぶや》き。

独り言のつもりだったのだろうが、緊張で静まりかえるテントでは、むしろ目立つほど大きく響きわたった。

「あ、ご、ごめんなさい！　音々独り言で――」

「いや。つまりニュートンちゃんを確保すればこっちの勝ちだ」

椅子の上で膝を組み、冥が目を輝かせた。

「奴《やつ》らが研究所に留まってるのも資料を探す真《ま》っ只中《ただなか》だから。こんだけでけぇ研究所なら、狂科学者《ケルヴィナ》の資料なんて一週間あっても見つからねぇ。在処《ありか》を知ってるのもニュートンちゃんだけだろ?」

「でも冥さん、もし既に人質にされていたら……」

「わかってるってイスカちゃん。だからニュートンちゃんが人質になった前提で進める。さっきざっと話したが、救助部隊が検討すべきは三つ」

一、王女《ミゼルヒビィ》は研究所のどこにいる?
二、人質《ニュートン》の居場所は?(捕虜となっている前提で)
三、突入するならどこから?
　ただし中央制御室まで陥落している場合、警備カメラは逆に利用されている。


一は不明。

——狂科学者《ケルヴィナ》の資料を見つけるため、研究所内を歩き回っているに違いない。

二は推定可能。

——捕まったのなら一階ホール。隠れているなら緊急避難用の地下シェルター。

その上で。

イスカ視点、一番厄介なのが「三」だ。

帝国軍はどこから突入すべきだ？

ミゼルヒビィが連れてきた精鋭部隊に、帝国軍の動きを察知する星霊使いがいる可能性は低くない。

……帝国軍の動きが感知されれば人質の命がまずい。

……それだけじゃない、帝国軍の突入地点に先回りされて待ち伏せされるかも。

侵入ルート選択が、この任務の成否を分かつ。

「イスカ兄」

音々がそっと耳打ち。

モニターに映る各フロアの平面図を指さして。

「研究員が隠れてるとすれば地下の避難用シェルターだよね。救助部隊が突入するなら、地上一階からまっすぐ第五非常扉のルートが最短だよ」

「……非常扉が生きてるかどうか」

敵は、少数精鋭だ。

十数人では全出口を見張ることができない。ゆえに非常扉のような侵入に適した扉は、炎で溶かして塞いである可能性が高い。

「別ルートも考えよう。一階の北側通路の窓を割って侵入、そこの階段から地下へ降りる？　でも大きな階段だから足音が響くか？」

「イスカ兄、窓を割った音も感知されるかも」

「……じゃあ即バレるか」

「ヘリはどうだイスカちゃん？　屋上から降下して最上階から降りていく」

「ヘリは撃ち落とされます」

冥《メイ》の提案に、イスカは渋面でそう応じた。

「僕の経験上、ミゼルヒビィが強化した軍勢はもう一人の純血種と思った方がいいです。ヘリどころか大型戦闘機で偵察するのも危ないかと」

これは極論だが――

突入した帝国部隊に対し、その接近に気づいた敵のアリス（並の強さを持った軍勢）が立ちはだかれば全滅もありうる。

……交戦はできるだけ避けたい。

……とにかく見つからずに建物内に入りたいんだ。

狙いは明確。

だが、それを実現する術《すべ》が見つからない。

冥が苛《いら》立《だ》ち顔で腕組み。その左右に控える各隊長が沈黙し、音々とイスカが無言で顔を見合わせようとして――

「イスカ」

「帝国剣士」

テントの隅から自分を呼ぶ声。

振り返ったその先には――

緊張の汗を浮かべて銃を手にする帝国兵二人の奥に、簡易なパイプ椅子に座る三人の魔女がいた。

「帝国軍のその作戦」

月の王女キッシングが自らを指さした。

「わたしたちが手を貸せば、実現できるのではありませんか？」

自らと――

土の星霊使いである燐《リン》を。

「っ、地面の下からか！」

「勘違いするなよ帝国剣士、あくまで太陽《ヒュドラ》の企《たくら》みをへし折るためだ」

二の句を継ぐ燐が、いかにも「仕方ない」とばかりに腕組み。

「研究員が隠れていると推定されるのが地下の避難シェルター。この本部テントから地下にトンネルを掘り、シェルターまで直接繋《つな》げればいいのだろう？」

研究所の一階から突入する必要などない。

燐の星霊ならば地下シェルターまでの道を掘ることができる。あとはキッシングの棘《とげ》で、シェルターのコンクリート壁を消去すればいい。

地底から潜りこめば、気配や物音で気づかれることもない。

「っ、待てお前たち！」

「黙って聞いていれば……！」

が、血相を変えたのが帝国軍の隊長たちだ。

ここは帝国軍の作戦本部。魔女が堂々と居座っていること自体が異例中の異例であり、さらに作戦に口を挟んでくるとなれば帝国軍の沽券《こけん》に関わる。

そこへ——

「いいんじゃね？　気にすんな隊長ちゃんたち」

冥が、いかにも気楽にぱたぱたと手を振ってみせた。

「こうして働かせるために呼んだんだ。ムキになるんじゃねえよ」

「……は、働かせると？」

「魔女に言うだけ言わせて、採用できるもんは使えばいい。判断するのは帝国軍《こっち》だ。堂々と構えてろって」

「……なるほど。畏《かしこ》まりました」

ややや溜飲《りゅういん》が下がったのか、隊長たちが胸をなで下ろす。

それを後日《しりめ》に――

「詳しく聞かせな。そっちの茶髪は知らねぇが、棘の魔女ちゃんの星霊術は確かに侵入にもってこいだ。壁も土もなんでも『消せる』んだろ?」

キッシングを見やる冥。

決して友好的とは言いがたい、挑発的な冷笑で。

「そういや帝国軍に降《くだ》ったもんな。いい態度だよ魔女ちゃん」

「帝国軍に貢献したいワケではありません」

対する、真顔のキッシング。

「わたしも太陽《ヒュドラ》に恨みがある。それだけです」

「同じくだ。先にも言ったが、勘違いしてもらっては困る」

頷《うなず》く燐も落ち着ききった表情だ。

むしろ周りの隊長たちより、よほど冷静な口ぶりで。

「私とキッシング様で、地下シェルターへの直通通路を掘る。何なら土の人形《ゴーレム》で簡単な囮《おとり》を作ってやってもいい。人形《ゴーレム》を地上に出して注意を引き、その隙に地下トンネルから人質救助というのはどうだ？」

「さすがだ燐、助かるよ」

「へぇ。茶髪の嬢ちゃんも使えるじゃねえか」

興味津々《きょうみしんしん》に目を輝かせ、冥が椅子から飛び上がった。

「聴取の時間だ。お前らの星霊で何ができて何ができねぇか。その上で作戦を――」

「――――待ちなさい！」

テントがしんと静まった。

颯爽《さっそう》と椅子から立ち上がった金髪の魔女――ただ一人、今の今まで発言の機がなかったアリスに視線が集中する。

が。

大きな掛け声とは裏腹に、当の本人はなぜか顔が真っ青だ。

「あ、あの……ええと…………わたしは……？」

しどろもどろのアリス。

気づいてしまったのだ。この「地下を掘り進んで避難シェルター内の研究員を助ける」作戦において、自分だけ役に立たないと。

「わ、わたしも何か手伝えないかなーって…………」

「引っ込んでてください」

キッシングの容赦ない突っ込み。

「物を凍らせるしか能の無いあなたに、この繊細かつ大胆な作戦は不向きです」

「ご安心くださいアリス様」

続いて燐がおじぎ。

「アリス様のお手を煩わせる事もありません。この燐が大役を果たしてみせますゆえ」

「え?……いやそうじゃなくて……あの、わたしの出番は……?」

アリスが小声でボソボソと。

だがそんなアリスを放置して、その場に残る全員が、円陣を組むようにテーブルの周りに集まっていた。

「おい魔女の嬢ちゃん、トンネルの強度は?　途中で崩れて生き埋めってのはご免だぞ」

「強度の心配はない。万が一に備えて道を分岐するよう掘り進めておく」

「わたしも穴を掘る作業は手伝えます」

自信ありげに頷く燐とキッシング。

「よし隊長ちゃん!　地下の避難シェルターの大きさと位置。正確なのを頼む。掘り進むトンネルのルート設計を任せた」

「直ちに！」

「わたしも話に交ぜなさい――――――っっ！」

盛り上がる作戦本部。

ただ一人「出番なし」の烙印《らくいん》を押されたアリスが、壮絶な悲鳴を上げたのだった。

3

オーメン第一研究所。

中央階段から地下へと下った先に、防火シャッターによって隔離されたエリアがある。

その避難用シェルターで――

「とんでもない事態だよミカエラ君！」

髭《ひげ》をたくわえた痩せぎすの男が、興奮隠しきれない大声を上げていた。

――使徒聖第十席。

サー・カロッソス・ニュートン研究室長。

通称「もっとも不健康な研究員」。風が吹くだけで折れそうな肩や二の腕が表すとおり、使徒聖のなかでも例外的な非戦闘員にあたる。

そのニュートンが、これでもかと両手を広げていた。

「これが純血種の力！　始祖ネビュリスの血統に宿る星霊は極めて強力だと聞いていたが……いやはや、わずか十数人の勢力で！　帝国の一個大隊にも迫る火力ではないか。これでは抵抗など無意味も同然！」

「嬉《うれ》しそうに無意味とか言わないでください⁉」

隣でしゃがみこんでいた女医務官が、思わず立ち上がる。

「そして声が大きいです室長。いくら地下のシェルター内とはいえ、我々の声が聞こえてしまえば……」

「おっと失礼。そうだミカエラ君、我々は歓喜に震えている場合ではない」

「歓喜なのは室長だけです」

「では冷静に事を分析しよう。敵勢力は、ネビュリス皇庁の刺客と思《おぼ》しき十数人からなる星霊部隊。うち何人かが純血種と思われる。そもそも純血種とは――」

「室長、分析ではなく講義になりそうです」

「おっと失礼。しかしだね……」

豊かな髭をなでつけながら、ニュートンがふむと喉を鳴らしてみせた。

「敵は、いったい何を狙ってこの施設を襲ったのだろう。いくつか思い当たるものはあるが……」

「みーつけた」


ぼっ、と。

菫色《ヴァイオレット》の炎が、避難用シェルターの扉を呑《の》みこんだ。

扉の向こう側で燃える炎が、わずか一ミリにも満たない扉の隙間からじりじりと内側に入り込んでくる。

「火災⁉」

「違う！　この輝きは……星霊エネルギーだよミカエラ君！」

悲鳴が上がる。

このシェルターに隠れた十数人の研究員が顔を青ざめさせるなか、ニュートンだけは恐る恐るながら炎に向かって前進していた。

「そして、いったい君は何者かな……」

「化け物よ」

魔女の嬌声《きょうせい》が響きわたる。

菫色《ヴァイオレット》の炎の奥から、人間大の影《シルエット》が浮かびあがった。

「講釈が好きそうだから教えてあげる。これは星霊術じゃなく、純粋なる星霊エネルギーの塊よ。かつて帝都を焼き滅ぼしたのと同じ星炎」

「ひっ⁉」

ミカエラが恐怖に喉を引《ひ》き攣《つ》らせた。

人間ではなかった。

炎の奥から現れたのは異形の怪物——髪の毛らしきものは紅玉《ルビー》のような金属状に凝固し、素肌はガラスのように透けている。

「……これはこれは」

怯《おび》えるミカエラを背に庇《かば》い、ニュートンは珍しくも苦笑を禁じ得なかった。

知っている。

この怪物の存在を。

「ケルヴィナ・ソフィタ・エルモス……私の知るかぎり彼女は最も特異で優秀で、そして情熱的な星霊現象研究者だった。一度見てみたいとは思っていたよ。彼女の『被検体』とやらを」

「あら？」

被検体が、ぱちくりと瞬《まばた》き。

「あたしのこと一目で見抜いた。それに狂科学者《ケルヴィナ》のこともよく知っている。ほら当主代理、帝国人にしては面白そうな奴《やつ》がいるよ」

「話が早そうで助かるわ」

菫色《ヴァイオレット》の炎が、音もなく掻《か》き消《き》えた。

どろどろに溶けた避難用シェルターの扉の向こうから、瑠璃色の髪の少女が高らかに靴音を響かせてやってくる。

「……これは見目麗《みめうるわ》しいご令嬢。ただ事ではない身分と見受けるが」

「話が早そうだから名乗ってあげる。ミゼルヒビィ・ヒュドラ・ネビュリス9世。皇庁の王女と自己紹介した方がいいかしら」

ミゼルヒビィが一歩、また一歩とシェルター内を進んでくる。

ニュートン、そして壁際《かべぎわ》で血の気を失っている研究員たちを眺めまわして。

「先に言っておくわ。私は、お前たちを一人として生かすつもりはない」

太陽の王女は、一切声色を変えずにそう告げた。

「この研究所もろとも灰にする。――ただし、お前たちの命を助けてあげる方法が一つだけあるわ」

怯えたまなざしの研究員たち。

その誰もが同時に思ったことだろう。「嘘《うそ》だ」と。

「ああ、安心なさい。私、お前たちの生死には何一つ興味がないし、どうでもいいの。それどころじゃないのよ。もっとわかりやすく言い換えるなら、帝国人より憎い奴に早く復《ふく》讐《しゅう》したくて堪《たま》らない」

「なるほど興味深いね、ミゼルヒビィ王女」

王女に向かい合うニュートン。

「皇庁の王女であるあなたが、いったい何を求めてここへ？」

「この世でもっとも強い力」

「ふむ？」

「もうわかってるでしょ。狂科学者《ケルヴィナ》が遺《のこ》した研究物のすべてを出しなさい」

「……やはり、とだけは言わせてもらうよ」

片眼鏡《モノクル》のレンズの奥で、ニュートンはわずかに目を細めた。

これだけ強い断言だ。「無い」は通じまい。下手な交渉《カード》を切った途端、それこそ自分を含める人質すべての命がここで尽きる。

「ケルヴィナが遺《のこ》した資料は、確かにこの施設に保管してある。しかし大変に膨大でね。

具体的に何が欲しいか教えてもらえれば、私としても迅速かつ正確に要求に応えることができるだろう。いかがかかな？」

「却下」

太陽の王女が、ニヤリと口《くち》の端《は》を吊《つ》り上《あ》げた。

お前はそう言うだろうと。わかっていたぞ、とその眼光が告げている。

「私が欲《ほっ》してるものを言えば、お前はそれだけは絶対に渡すまいと態度を変える。だから言わない」

「……これは手厳しい。ご令嬢への気遣いのつもりだったが」

肩をすくめておどけてみせる。

まさしく図星だ。

甘い提案を装《よそお》って敵の弱みを突くつもりだったが。

「どれだけの修羅場を潜《くぐ》ってきたと思う？　バレバレなのよ」

ミゼルヒビィが手を伸ばす。

「四の五の言わず出しなさい。狂科学者《ケルヴィナ》の研究物すべてをね。この一晩かけて……そうね、明日の日の出までに目当ての物を見つけたいわ」

帝都が眠りに包まれる。

繁華街のビル明かりもまばらで、道を歩いている者も数えるほど。

それは帝国軍も同じ。

多くの兵士が就寝する女寮で――

「うー……ようやくお仕事終わったよ……」

夜の寒風に身を震わせて、ミスミスは早歩きで女寮の敷地《しきち》を進んでいた。

「もうっ！　報告書、音々ちゃんなら快く手伝ってくれるのに。ジン君ってばアタシ一人でやれって頑固なんだから。こんなに遅くなっちゃったし！」

夕食も食べ損ねた。

家に残っている物で軽く料理でもしようか。だが一目散にシャワーを浴びてベッドに潜りこみたい気持ちもある。

食事か？　シャワーか？

それとも両方抜かしてすぐにベッドか？

「そうだ、シャワーを浴びながらご飯を食べればいいんだよ！　あ、でもご飯を濡《ぬ》らさないようにシャワーを浴びる方法っ……——っ⁉」

耳をつんざく銃声が轟《とどろ》いた。

音の衝撃を肌で感じるほどの至近距離。真夜中の暗闇のせいで見えないが、間違いなく目と鼻の先の出来事だ。

「っ！　誰か！　どうかしましたか！」

銃声はすぐ近く。

だが誰からも返事がない。すぐ先まで走るか？　ミスミスがそう決断する直前に、真横の茂みがガサリと揺れた。

「っ⁉　誰！」

茂みの奥に二人分の人影。

一人は芝生に倒れ、もう一人はこちらに向かって茂みから飛び出してきた。

——無言。

言葉を発さない人影を前に、ミスミスは咄嗟《とっさ》に跳《と》び退《の》いた。鼻先に小さな突風。それが、自分の頬を掠《かす》めた拳であると後から気づいた。

誰だ？

外灯を背に、大柄な金髪の女がこちらを睨《にら》みつけ——ミスミスは我が目を疑った。

「ノロちゃん⁉」

シャノロッテ・グレゴリー元隊長。

自分《ミスミス》が士官学校を卒業して以来の友人で同僚……と思っていた仲だった。その正体は、ネビュリス皇庁出身の工作員。

その彼女が、帝国軍の寮に潜んでいたのだ。

「どうしてここに⁉」

最後に出会ったのは皇庁だ。

それがなぜ帝国の、それも帝国軍の基地にいる。

「っ……！」

シャノロッテが右手を突きだす。

まずい。雷の星霊使いである彼女にとって、この至近距離は必殺同然。逃げる？　腰の銃を引き抜く？　ミスミスが迷った一瞬でシャノロッテは——

「ちっ！」

横目でどこかを見上げるなり、雷を撃つことなく身を翻《ひるがえ》した。

この寮に仕掛けられた星霊エネルギー検出器。ここで自分《ミスミス》を撃てば自分も発見される。

それを恐れたのだろう。

「――――」

シャノロッテが背を向けて走りだす。

それを反射的に追いかけようとして、ミスミスはすぐに思いとどまった。

「大丈夫ですか⁉」

「……っ……」

茂みに倒れた女性が、弱々しく唇を動かした。

そして手には銃。おそらく茂みから飛びだしたシャノロッテに気づいて発砲。その結果、取っ組み合いになったのだろう。

「……とら……れ……」

盗《と》られた？

何を奪われたのか。銃ではない。ならばシャノロッテが欲するものは――

「っ！　身分証⁉」

「――――」

女性兵が弱々しく頷《うなず》く。

やはりそうだ。思った通りの事実に、ミスミスの背筋がゾッと粟立《あわだ》った。

帝国兵の身分証。

あのカード一枚あれば、帝国軍のゲートを我が物顔で通過できる。元隊長であるシャノロッテなら帝国兵の振りも容易だろう。

だがなぜ？

帝国軍の寮に忍びこむのも並大抵の難易度ではない。そこまでして身分証を手に入れて、シャノロッテは何を企《たくら》んでいるのだ。

「連絡しなきゃ！……ええと司令部…………そうだ、璃洒《リシャ》ちゃん！」

彼女なら自分よりずっと頭がいい。

この真夜中だが――

「璃洒ちゃん、お願い起きてて……！」

『はーい。どしたのミスミス、こんな時間まで残業？』

「璃洒ちゃん！」

その陽気な声に、不安で張りつめきっていた気持ちがホッと緩んだ。

「大変なの！　監視カメラに映ってたノロちゃ……ううん、シャノロッテ元隊長が――」

『見つけたの？』

「帝国軍の女子寮に隠れてた！」

声を荒らげながら、通信機に向かって必死に叫ぶ。

「一人が襲われて身分証を奪われたの。もう本人は走って逃げちゃったけど、多分すぐに帝国軍の基地に入ると思う！　そのカードで！」

『……んー』

璃洒が低い唸《うな》り声。

『帝国軍の基地ねぇ。それって何のため？』

「そ、そんなのアタシに言われたって！　でも基地には機密情報もあるし……」

『そりゃそっか。司令部にはウチが話をする。ミスミスは寮の監視室に話をしておいて。襲われた兵の治療が終わり次第、目撃者兼被害者として聴取するわ』

「わかった！」

『頼んだわよ』

通信が切れた。

辺りがしんと静まって、茂みからは虫の音だけが聞こえてくる。

「摑《つか》まって、医務室まで運びます！」

倒れている同僚を背負って、ミスミスは夜の道を歩きだした。

「……ノロちゃん」

風のように立ち去った元同僚。

帝国人《じぶん》への憤怒《ふんぬ》をありありと滲《にじ》ませた眼光を思いだし、ミスミスは唇を噛《か》みしめた。

4

オーメン第一研究所。

第二棟、北エリア地下倉庫。

三重の鍵で守られた完全密封型。オーメンにおいて上位五パーセント相当の研究員しか立ち入ることを許されない。

狂科学者《ケルヴィナ》が遺《のこ》した研究物のすべてが、ここに——

「これじゃないわ」

山積みになった紙の資料を一瞥《いちべつ》し、太陽の王女ミゼルヒビィは踵《きびす》を返《かえ》した。

電子端末とモニター。さらには巨大な水槽や試験管。ありとあらゆる研究物がずらりと並んでいるのだが——

「日の出まであと一時間。急ぎなさいあなたたち！」

苛立《いらだ》ち混じりのミゼルヒビィは、それらに目もくれない。

部下も同様だ。保管されたコンテナを片っ端から開いていくが、その中身を見るなり次のコンテナへと移っていく。

「さてニュートン室長？」

「何だねミゼルヒビィ王女」

両手を拘束された姿で、ニュートン室長は王女に振り向いた。

「ここで四部屋目。狂科学者《ケルヴィナ》の研究物はこの倉庫で最後だ。あなたはそう言ったわね？」

「紳士に二言はないとも」

「……ふぅん？」

ミゼルヒビィが、その片眼鏡《モノクル》を覗《のぞ》きこむ。

「あなたは聡明《そうめい》そうだから。とぼけたフリして、本当は私が欲《ほっ》しているものを察しているのではなくて？　だからこの部屋を最後に案内した。違う？」

「お褒めいただくのは恐縮だが、私は科学者でね。科学者は累積された記録と実証でのみ語る。心を読む超能力者ではないよ」

「そ」

淡泊にそう応じて、ミゼルヒビィが奥を見やった。

「で、どうなのヴィソワーズ。ここが最後の倉庫って話だけど」

「嘘《うそ》は言ってないかもねぇ」

菫色《ヴァイオレット》の炎が灯《とも》る。

炎の奥で、倉庫を見回す魔女《ヴィソワーズ》の姿が浮かび上がった。

「倉庫《ここ》に入った途端に『匂い』がした。間違いないよ当主代理」

「なおさら急ぎたいわね。帝国軍も馬鹿じゃない。いつ強引な突破をしかけてくるか」

「お？」

ガコンッ、と扉が開く音。

コンテナに仕掛けられた二重底。それが魔女《ヴィソワーズ》の星炎に溶かされ、こじ開けられ、数十センチ四方の空洞が生まれたのだ。

小型の冷凍庫が設置され──


白い冷気に包まれた、三本の色違いの小瓶《アンプル》。


特に目を惹《ひ》くのがもっとも濃い紫色の液体だ。

水面からこぽこぽと湧きでる泡《ガス》。もしも──カタリスク汚染地を訪れた者がいれば、あの沼地の泡《ガス》と同じ臭いだと気づいただろう。

「っ、それは！」

ニュートン室長が身を乗りだす。

その動揺ぶりを前に、魔女《ヴィソワーズ》が可笑《おか》しげに肩を震わせた。

「あははっ！　二重底に隠しておくなんて、やっぱりアンタわかってたじゃない。そうよ、これが欲しかったのよ、災厄の力の抽出物！　原液ではなさそうだけど濃度も鮮度も十分じゃない」

「でかしたわ！」

放り投げられた小瓶《アンプル》を受け取り、ミゼルヒビィは全身を震わせた。

興奮と、そして恐怖で。

「……これを……注入すればいいのね……そうすればイリーティアに！」

「最後にもう一度だけ言っておくけど」

待ったをかけたのは、小瓶《アンプル》を見つけた魔女《ヴィソワーズ》本人だった。

ギラつくまなざしで小瓶《アンプル》を見つめる王女とは対照的に、あたかも夢から醒《さ》めたような眼《まな》差《ざ》しで。

「イリーティアへの復讐《ふくしゅう》には二つの絶対条件がある。一つはソレを注入して肉体が耐えられること。そうやって出来たのがあたしだからね。でも知ってのとおり、あたしとイリーティアじゃ化け物としての格が違う」

耐えられる濃度が違うのだ。

何百倍に希釈した力にようやく適合したのがヴィソワーズ。

対して、濃度51パーセントに耐えたのがイリーティア。

より色濃く災厄を受け入れた後者が、より強大な怪物へと進化する。

「今この小瓶《アンプル》に耐えられたって、あの化け物を超えるには、ほぼ原液に近い濃度にまで耐える必要がある……失敗したら、たぶん泣きわめいて後悔するよ」

「知ってるわ」

「もう一つ。たぶん災厄との親和性の鍵は『星霊の弱さ』。星霊が弱ければ弱いほど、災厄との親和性が高い。だからイリーティアは最適だった。けど当主代理、アンタの星霊は、たぶん……災厄ともっとも相性が悪い」

「それもわかってる」

「……そ」

押し黙る魔女《ヴィソワーズ》に見守られて。

太陽の王女ミゼルヒビィは、小瓶《アンプル》の蓋に指をかけた。後はこれを——

「消去」

声が、壁の向こうからこだました。

その瞬間――

壁に穿《うが》たれた大穴。コルクを刳《く》り貫《ぬ》いたような真円形の穴が、ミゼルヒビィの目の前で次々と空いていくではないか。

「この棘《とげ》は!?」

ウニの棘めいた紫色の棘。

それが壁の穴からチラリと見えた瞬間、ミゼルヒビィは床を蹴って飛《と》び退《の》いた。

「ま、まさか！」

「見つけました」

ぽっかりと空いた壁の向こう。

無数の針を展開した黒髪の少女が、ふわりと倉庫内に着地。続いて――

「ミゼルヒビィ！」

豊かな金髪をなびかせて、大人びた少女が壁の向こうから飛びこんで来た。

「女王陛下に代わって勧告するわ。投降なさい」

「……あらあら」

地下倉庫に現れた王女たち。

なんと数奇な運命だろう。この帝国に、三王家の姫が揃《そろ》うなど。

「ずいぶんと凸凹な顔ぶれねぇ。アリスだけでなくキッシングまで」

ミゼルヒビィが冷ややかに苦笑。

「まさか星と月の王女が、どちらも帝国軍と繋《つな》がっていたの？　まあ大変。これが皇庁の国民に知られたらどうなるかしら」

「――――」

「何よ？」

わずかな苛立ちに、ミゼルヒビィは目元に皺《しわ》を寄せていた。

星と月。

二人の王女がこちらを見る目。

こちらを見ていながら、見ていない。

理由は容易に想像がつく。「当主タリスマンはどこだ？」――そう疑い、警戒している。

自分など見ていない。

「タリスマン卿《きょう》があなたに何を命じたのか知らないけど」

星の王女アリスリーゼが、ちゃぷんと波立つ小瓶《アンプル》を指さした。

「狙いは災厄の力。予想どおりね」

「…………」

「太陽《ヒュドラ》はもうお終《しま》いよ。あなたたちが帝国の八大使徒と繋がっていたこともわかってる。シスベルの『灯《ともしび》』があればすべての罪が────」

「黙れ!」


ざわりっ。

見目麗《みめうるわ》しき王女ミゼルヒビィ。

その瑠璃色の長髪が、全身から噴き上がる星霊エネルギーに吹き上げられ、蛇のようにゆらゆらと蠢《うごめ》き始める。

髪が蛇でできた伝説の怪物『石眼の女神《メデューサ》』さながらに。

ミゼルヒビィの悪癖だ。

怒りに呑《の》まれた時、己の膨大な星霊エネルギーを制御しきれなくなる。

「……どいつもこいつも煩わしい……」

歯を食いしばり、拳を握りしめる。

――私は怒っている。私はただ望んでいるだけなのだ。

――あの魔女を滅ぼす力を。

その何が悪い。

なぜ邪魔されなければならない。

「私にはもう時間も手段も残ってないの！　星も月も、自ら輝くことのできない存在が、太陽に代われると思うな！」

Chapter.4　『帝国兵を辞めた魔女と、魔女になった帝国兵』

1

「こっちだ！」

オーメン第一研究所。

地下深くに設置された避難用シェルター内で、多くの研究員を前にしてイスカは壁の向こうを指さした。

「このトンネルを上っていけば地上だ。帝国軍のテントに着く！」

壁の穴はキッシングの棘が消去したもの。

その先には、燐《リン》が土の星霊術で掘り進めたトンネルがある。

「イスカ兄！」

トンネルの奥から、音々が勢いよく顔を出した。

「最初の五人、作戦本部のテントに到着したよ。燐さんがトンネルの中継地点で誘導してくれてる！」

「了解……想定よりずっと順調だ」

怖いくらい。

そう言いかけた言葉を、イスカはすんでで呑み込んだ。

シェルターに避難していた研究員は二十三名。誰一人負傷なく、太陽《ヒュドラ》側の見張りもいなかった。

……帝国軍《ぼくら》は、ここにミゼルヒビィの軍勢が待ち伏せしていると覚悟していた。

……あるいはミゼルヒビィ本人がだ。

蓋を開けてみればどうだ。

研究員たちは拍子抜けするほど無事で、見張りもいない。

「冥《メイ》さん！　そっちは！」

「つまんね」

ドロドロに融解した扉が蹴り開けられる。

廊下を見張っていた冥が、不満げな顔つきで入ってきて。

「廊下《そと》に誰もいねぇ。この地下フロアは誰もいねぇよ。ミゼルヒビィの軍勢ってのは面白そうだったんだけどな」

「あ、あの冥さま……！」

スーツ姿の女医務官が、恐る恐る声を上げた。

「先ほどご報告したとおり、ミゼルヒビィ王女と部下は一斉にここを離れていきました。

ニュートン室長が連行され、狂科学者《ケルヴィナ》の研究資料を出せと……」

「わかってるってミカエラちゃん。第二棟の北エリアだろ」

冥の手には通信機。

「そっちにはとっておきの爆弾を向かわせてる。――で、どうだ？」

『………』

「返事しろよおい。棘の魔女ちゃん」

『交戦中です』

キッシングの小声。

のんびりした口調がわずかに普段より速く聞こえるのは、自分《イスカ》の気のせいだろうか。

『ミゼルヒビィは目の前です。ニュートン室長という髭《ひげ》の男も見つけました』

「いいね。ならさっさと捕まえて戻ってきな」

『時間がかかり、か、か、かかります』

冥の双眸《そうぼう》が、針のように細くなる。

「冥さん」

「わーかってるってイスカちゃん」

冥の口元が、徐々に不敵な笑みへと変わっていく。

「棘の魔女ちゃんが手こずる相手ねぇ。しょうがねぇ。魔女ちゃんはともかくニュートンちゃんが死んじゃ困る。見に行ってやるか」


『行かせると思う？』


「っ！」

冥が踏みとどまった。

その鼻先を掠《かす》める熱波。菫色《ヴァイオレット》の炎が天井を炙《あぶ》り、ドロドロに溶けだした天井から何トンというガレキが落下。

熱波と瓦礫《がれき》が、廊下をみるみると塞いでいく。

「障害物《バリケード》のつもりか？……はっ！　そこまであたしらを行かせたくねぇと？」

「障害物《バリケード》？　いいえ、これは檻《ケージ》よ」

炎の奥から現れる異形。

そのヒトならざる少女を、イスカはよく知っていた。

「ヴィソワーズ！」

「はーい黒鋼の後継イスカちゃん。相変わらず生きてるのね。ああそういえば、ちょうどイスカって名前の鳥がいたわよねぇ」

ひらひらと手を振ってくる魔女《ヴィソワーズ》。

久しぶりに旧友に会ったかのように、朗らかにだ。

「だからお前たちは檻《ケージ》の小鳥」

魔女《ヴィソワーズ》が両手を広げた。

その背後で、菫色《ヴァイオレット》の炎が吼《ほ》えるように轟々《ごうごう》と勢いを増していく。

「先へは行かせない。太陽《ウチ》の当主代理が、真の当主になるかどうかの瀬戸際《せとぎわ》なのよ。お前たちはここでピーチクパーチク騒いでな」


――――――――

星、月、太陽。
始祖ネビュリスの――

正確には、その妹アリスローズから連なる三王家。

三王家は打倒帝国のため支え合い――その水面下で、次期女王のための女王聖別儀礼《コンクラーヴェ》で熾烈《しれつ》な駆け引きを繰り広げてきた。

もっとも憎い敵は帝国ではなく、血脈だった。

「ほんと笑っちゃうわよねぇ！　アリスリーゼ、キッシング！」

オーメン研究所、倉庫。

そこにミゼルヒビィの嘲笑が響きわたった。

「三王家の決着の舞台が、まさかの帝国！　それもこんな薄暗くて埃臭《ほこりくさ》い倉庫だなんて！　麗《うるわ》しさも気品もないわ！――――さあ私の可愛《かわい》い軍勢」

太陽の王女が一歩後退。

それと入れ替わりに、ガスマスクと防護服で身を固めた兵士が進みでた。

王女の親衛隊であり『軍勢』だ。

「光輝《ひかりあれ》」

光輝の徴《しるし》。

ミゼルヒビィの額にある星紋と同じ輝きが、後光のごとく武装兵を照らしだす。

「叫魔《きょうま》、吠《ほ》えなさい」

ミゼルヒビィの勅命。
——怨《オン》ッ！
超巨大な銅鑼《ドラ》を鳴らしたかのごとき衝撃が、津波となって膨れあがる。
まずい。
その星霊術を目《ま》の当《あ》たりにした瞬間。アリスは片手を突きだしていた。
「氷よ！　覆い塞げ！」
そびえ立つ氷の壁。
アリスの前に現れた氷が、全方位を覆い包むドーム型の障壁《バリア》として生成される。
……ぎちっ。
氷の障壁《バリア》が、極大の「音」を浴びて軋《きし》みを上げた。
「っ？　咄嗟《とっさ》の判断じゃないわね、ずいぶん調べ上げてるじゃないアリスリーゼ！」
「頼れる情報通がいるのよ！」
氷の障壁《バリア》の向こうに怒鳴り返す。
叫魔《きょうま》と呼ばれる音の星霊。それも帝国軍の音響兵器《ソニックウェポン》を遥《はる》かに凌《しの》ぐ破壊力だ。
……浴びたら即失神。
……イスカが一番手こずった星霊術。先に聞いてて良かったわ。

実際のところ冷や汗ものだ。

音は、倉庫のあらゆる壁を反射する全方位攻撃。

仮に——氷の「壁」で防御しようとしていれば、音の津波は全方位にはね返り、自分《アリス》は、全方位で反射した音を浴びて昏倒《こんとう》していただろう。

……ここが倉庫なのも便利ね。

……音の星霊術がこれ以上なく反射しやすい。

「でもダメ」

微《かす》かに伝わるミゼルヒビィの嬌笑《きょうしょう》。

「昔から言うでしょ、炎と氷は対抗概念。私の軍勢《てごま》に炎がないと思った？」

轟ッ！

大気が激しく燃焼する音とともに、アリスは、氷の障壁《バリア》の向こうで全空間が朱《あか》に染まるのを確かに見た。

——連鎖する爆発。

何百、何千という炎の機雷が、アリスを守る氷のドームに激突。

猛烈な業火《ごうか》を撒《ま》き散《ち》らして炸裂《さくれつ》する。

ピシッ。

氷の障壁《バリア》に亀裂が入るその光景に、アリスは我が目を疑った。

「……やるじゃない！」

「アリスリーゼ、氷を解除してください」

「っ」

「交代です」

氷の障壁《バリア》がふっと消滅。

無防備となったアリスの頭上に、何十という巨大な業火が落ちてきて――

「消去」

その業火の数々が。

キッシングが飛ばした何千という「棘《とげ》」により、文字どおり掻《か》き消《き》えた。

「ちっ！」

ミゼルヒビィ、そして左右の親衛隊が見せる狼狽《ろうばい》。

「……ほんとむかつく。いつから星と月はそんなに仲良くなったわけ？」

「太陽《あなた》もどうかしら？」

髪を逆立てた王女へ、アリスは涼しげに手招きしてみせた。

「そこの人質を傷つけないこと。小瓶《アンプル》を渡すこと。タリスマン卿《きょう》の居場所を教えること。

この三つで減刑の余地を与えてあげる」

「はっ！　女王みたいなこと言うのね。王女のくせに！」

「わたしが女王に頼んであげる」

「黙れ！」

ミゼルヒビィの壮絶な笑み。

部下に拘束させたニュートン室長を指さして。

「可愛い虚勢張るわねぇ。人質を取っているのは私。災厄の小瓶《アンプル》を手にしているのも私。対してあなたたちはどうかしら」

「…………」

「人質を傷つけたくない。この施設を壊したくない。そうよねぇ。ネビュリス皇庁の王女が帝国に被害だなんて大変。それこそ全面戦争の引き金になるわ。だからこう考えてるんでしょ？『自分たちは時間稼ぎ。帝国軍が来るまで待とう』って」

「……驚いたわ」

ミゼルヒビィと向かい合い、アリスは顔の煤《すす》を拭った。

「怒って見えるのは演技？　とても冷静にわたしたちを観察してるのね」

「怒り狂ってるわよ。冷たく怒るのが好きなだけ」

事実、ミゼルヒビィの分析はアリスから見ても完璧だ。

憎いくらいに鋭い。

自分《アリス》やキッシングは力のすべてを出せない。思うさま星霊術を振るえば、この施設など跡形なく壊れてしまう。

……それが帝国軍にはどう映る？

……やはり魔女は恐ろしいって結論になるのが目に浮かぶわ。

できれば避けたい。

ここで皇庁と帝国の歪《ゆが》みを広げるわけにはいかないのだ。

「でも一つ誤解よ。わたしとキッシングは帝国軍の応援を待ってるわけじゃない」

「へえ？」

「わたしたちが待ってるのは――」

「力切れ、です」

キッシングの双眸《そうぼう》が輝いた。

星紋が瞳に宿るという極めて稀《まれ》な出生は、キッシングに、星霊エネルギーの流れを視認できるという天恵《ギフト》をもたらした。

「ミゼルヒビィ、あなたの星霊エネルギーはとても雄大で、太陽のように大きい。けれど配下に分け与えるごとに、あなた自身のエネルギーが消耗していくのがわたしには見えています」

「…………」

「消耗戦です。わたしとアリスリーゼは、あなたが力つきるまで耐え続ければいい」

「消耗なんてするわけないでしょう！」

絶叫が、倉庫をビリビリと震わせた。

その声に呼応し、ミゼルヒビィの全身からさらなる『光輝』の光があふれだす。

「あなたたちは！　今すぐ！　消えるのよ！　このくだらない王家の争いに終止符を打って。勝つのは私なんだから！」

その瞬間。

アリスの心の内で、太陽への憎悪《ぞうお》がスッと鎮《しず》まった。燃え上がるほど熱した石に大量の水をかけたかのように、身体《からだ》の火照《ほて》りが収まっていく感覚。

代わりに。

アリスの内に込み上げた感情は――――

「……ミゼルヒビィ。わたしもね、あなたみたいにどうしようもなく怒り果てて、叫んで、本当にみっともない事をしたことがあったわ」

「あ？　何よ突然！」

両手を広げるミゼルヒビィ。

そのギラつく眼光を受けとめて、アリスは静かに向き直った。

思いだした。

あの時の自分も、どうしようもなく怒り果てて叫んでいた。女王宮への襲撃が、すべて帝国軍によるものだとばかり思いこんで——


〝イスカ。わたしたちの戦いの終止符を打つの〟

〝この望んでもない決着を強いる運命に恨みをこめて！〟


ああそうか……。

あの時。

怒り狂ったわたしを見る彼《イスカ》は、もしかしたらこんな感情だったのかもしれない。

こんな——

くだらない理由の聖戦はまっぴらご免だと。

「来なさいミゼルヒビィ！」

だから。

太陽の王女へ、力のかぎり叫び返した。

「一つだけ同意してあげる。わたしもね、この王家の争いが最高にくだらないって思ってたところなのよ！」

2

天守府。

この屋敷《やしき》の内部は、ほぼ無人。

天守府の警備を担《にな》う機構Ⅰ師でさえ、その実態は天守府の外の見張りであって、内部を自由に行き来することは滅多にない。

「つまりほぼ貸切ってわけだ。この天守府《ビル》は」

静寂に満ちた廊下。

壁に背を預けたジンが手元の映像端末を覗《のぞ》きこむ。次々と切り替わる映像は、天守府の各所に付けられた監視カメラのものだ。

全フロア分、二百三十九台。

映像は二十四分割され、二十秒ごとに切り替わる。つまり天守府のほぼ全区画を二百秒というわずかな間隔でチェックし続けることができる。

「異状なし。侵入者もなし。つぅか侵入者なんて現れようもんなら、外にいる俺ら以外の機構I師が気づく」

「……うん」

ジンの隣で、ミスミスは天井を見上げていた。

手には通信機。

ほぼ毎分ごとに確認しているが、司令部から新情報は入ってきていない。

「シャノロッテ元隊長はまだ見つかってないか？」

「……うん」

ジンの素っ気ない言葉に、ミスミスは深々と頷《うなず》いた。

シャノロッテは既に基地のどこかにいる。

彼女が奪った身分証を司令部が確認したところ、該当する電子信号が既に基地内にあることを突きとめた。

「……ノロちゃん、何をする気なんだろ」

「良からぬ真似《まね》ってことは確かだな」

監視カメラの映像から目を離さぬまま、ジン。

「この基地は広すぎる。身を隠すにはもってこいだが……一方でシャノロッテは元隊長で、顔も割れてる。ろくに基地を歩くこともできねぇはずだ」

そう。

ジンの言う通り、今さら基地に入ったところで隠密《おんみつ》行動などできるわけが――

監視カメラの映像が、一斉にぷつんと途切れた。

「えっ⁉」

ちょうど監視カメラを見上げていたミスミスは、カメラの作動を示すランプが消灯した瞬間を確かに見た。

「ジン君⁉」

「……監視カメラ、二百三十九台のうち百八十一台が停止。生きてるのは――」

「五十八台！」

「二十七台だ。さらに落ちた」

映像端末を懐《ふところ》にしまったジンが、通信機を取りだした。

手早くモニターを操作して。

「……電源異常だ。基地の電気ケーブルが偶然に複数切れたらしい」

「なら非常用自家発電装置は⁉　天守府の電気は、基地の電気系統と独立してるって璃洒《リシャ》ちゃんが言って――」

「同じく故障。こっちのケーブルは地中に埋まってたはずだがな」

ジンがしばし沈黙。

彼が見ているのは、基地の保守管理システムの専用ページだ。

「わかった。非常用自家発電装置の故障はケーブル異常じゃない。異常高電圧だ」

「……ええと」

「雷が落ちてパソコンが壊れる現象だ。その異常高電圧で、非常用自家発電装置も七機のうち三機が破壊された」

雷。

シャノロッテの放つ雷撃が、瞬時にミスミスの脳内に蘇《よみがえ》った。

「まずいよジン君！　これが雷の星霊術のせいだとしたら、犯人は――」

「……いや。話はそう簡単じゃねえ」

ジンが首を横に振る。

「ＳＰＤ《サージプロテクトデバイス》がある。こうした雷サージは普通の落雷でもよくあることだ。基地の保守管理部門が異常高電圧の対策を怠るわけがねぇ」

「そ、そのＳＰＤ《サージプロテクトデバイス》が機能しなかったの？」

「いいや」

モニターを凝視するジンが、舌打ち。

「最大サージ電圧を超えられた。隊長《ボス》にわかるよう言うぞ。想定していた落雷より遥かに強い雷撃だったせいで対策も意味がなかった」

「……え？」

違和感。

シャノロッテの星霊術は、人間一人を昏倒《こんとう》させる程度の力しかない。

もちろん密偵としては十分すぎる性能だし、至近距離ならば脅威だが……自然の落雷を超えるような破壊力はない。

「……じゃあこの不具合は、違うの？」

「話はそう簡単じゃないって言っただろ」

ジンが、壁から身を起こす。

忌々《いまいま》しげに顔をしかめて。

「シャノロッテの騒ぎで十中八九間違いない」

「え？　ちょ、ちょっとジン君⁉　なんでそれがわかるの！」

「基地内の監視カメラをありったけ削って、非常用自家発電装置は残り四機。おまけに電気ケーブルも切断されてるから復旧には時間がかかる。シャノロッテが好き勝手するには絶好の状態だ」

「で、でもこの電気系統の不具合は！」

シャノロッテには起こせない。

ミスミスが言いかけたのと、まさに時同じくして。


天守府を揺るがす爆音が、足下から響き渡った。


「な、何これ⁉」

けたたましく鳴り響く警報。

わずかに生きていた星霊エネルギー検出器も、鮮烈な赤色に点滅しだしたではないか。

天守府で初めて見る光景だ。

「……動きが速い。覚悟してるってわけだ」

ジンが早足で廊下を歩きだす。

通信機を懐にしまい、肩に提げていた狙撃銃を携えて。

「いくぞ隊長《ボス》。天守府の一階だ。シャノロッテが来る」

「えっ……」

「太陽《ヒュドラ》のミゼルヒビィが、他人の星霊術を強化するっつぅ力だったよな」

「あっ⁉」

そうだ。なぜ思い至らなかったのか。

シャノロッテ本人の星霊術は弱くても、それが極限まで強化されたなら、落雷を上回る規模の雷を生みだすことができるかもしれない。

「今の俺たちは、星霊研究機関オーメンが襲撃されたことで警戒をそちらに向けていた。その隙に単騎で乗りこんできた。そういうことだ」

「で、でもたった一人で……？」

「自分の命なんざ微塵《みじん》も惜しんじゃいねぇ。大将との相打ち上等で突っ込んできやがった」

すなわち——

シャノロッテの狙いは、天帝の首一つ。

まさしく魔女の執念。

帝国すべてを焼き滅ぼさんとする月《ゾア》の一派であるシャノロッテは、悟ったのだろう。

仮面卿《きょう》が墜《お》ちたことで、もはやその夢は実現できない。

ならば——

この命を散らしてでも天帝と刺し違えてやる、と。

「じゃあ下から聞こえてきたのは……」

「二つに一つだ。天守府の外の警備とぶつかったか、あるいは既に——っ！」

銀髪の狙撃手が、急停止。

曲がり角の先にある巨大な扉が、超強力なレーザー砲を受けたかのごとく陥没し、跡形もなく吹き飛んでいた。

「……嘘《うそ》……でしょ……」

衝撃で、声がろくに出ない。

冷たい汗が頬を滑り落ちていくのを感じながら、ミスミスは息を呑《の》んだ。

「……こんなの……星霊使いが一人で撃てる規模の雷じゃないよ」

「俺らの知ってるシャノロッテじゃねえな。雷を使う純血種と思った方がいい」

ジンが、前方を顎で示す。

チリチリと燻《くすぶ》る扉の残骸。

厄介なのは、この先が左右二手に分かれていることだ。

「右と左、シャノロッテはどっち行った？　腹くくってどっちか片方を――」

「……ジン君」

二手の分岐を見回すジンへ。

ミスミスは、おずおずと言葉を続けた。

「監視カメラも止まってる。ここで逃したらもう追えなくなるよ……だからアタシとジン君、二手にわかれて捜しちゃだめかな」

「危険すぎる」

一秒の間も挟まずにジンが即答。

が、銀髪の狙撃手は、それからゆっくりと背後に振り向いた。

「ってのは承知の上って感じだな。理由は？」

「……アタシね」

胸元に拳をあてる。

自分の足が小刻みにふるえている。その膝をじっと見つめながら。

「まだノロちゃんに伝えたいことが残ってるの。でも多分、アタシとジン君が一緒にいると警戒して話なんか聞いてもらえないかなって」

「隊長《ボス》一人なら気が緩むと？」

「アタシたぶん、ノロちゃんから見下されてるんだよね。だから出会い頭に星霊術も撃たれないし、銃で撃たれることもないと思う」

「…………」

ジンが沈黙。

その唇が開く前に、ミスミスは大きく頷《うなず》いた。

「でもそれでいいの。アタシの話を聞いてくれるなら！」

「……隊長《ボス》が見つけた時は好きにしろ。ただし俺をすぐ呼んで、俺が駆けつけるまでだ。何十秒かわかんねぇが、それで無理なら諦めろ」

「うん！」

「通信機、発信機能はつけとけよ」

部下《ジン》は、右へ。

隊長《ミスミス》は、左へ。

シャノロッテもどちらかの道を通ったはずなのだ。それもすぐさっき。

「ノロちゃん……どこ……！」

足音を響かせて走る。

どこに潜んでいるかわからない。こちらの気配を一方的に摑《つか》ませるのは決して上策とは言えないが、それでいい。

見下されていいのだ。

自分はこんな迂闊《うかつ》なことをする奴《やつ》だと。

それで彼女《シャノロッテ》が立ち止まり、自分の話に一瞬でも耳を傾けてくれるなら。

「ノロちゃ――――っ！」

「はーいミスミスちゃん。呼んだぁ？」

ドクンと心臓が跳ねた。

そんなまさか？

こんなに早く見つかることがあるのか？　思った以上に早く見つかりすぎて、まだ心の準備もできていないうちに。

「んん？　どうしたの？　そんな急に黙っちゃって」

「…………」

「ああコレ？　さっき捕まえてみたんだけど」

シャノロッテは片手で男の襟首を掴み、ぶらぶらと持ち上げていたのだ。

口ひげをたくわえた黒髪壮年の男。男のなかでも大柄で、体重ならばミスミスの二倍近くあるかもしれない。

それを片腕で宙づりにする膂力《りょりょく》は、元隊長とはいえ凄《すさ》まじい。

では、誰を摑んでいるのか。

——天帝影武者。

テレビや雑誌で、帝国民の前に現れる天帝ユンメルンゲンの替え玉だ。

シャノロッテは本物の天帝を知らない。

だから影武者を見つけて襲いかかり、こうして捕らえたのだろうが。

「偽者でしょ？」

「っ」

「あははっ。別に隠さなくてもいいわよぉ。テレビに出てるコイツが本物の天帝だなんて、私も端っから信じちゃいないわ。こいつを捕らえたのは、本物の居場所を吐かせるため。それだけよ」

……とさっ。

足下に倒れる影武者。

気を失った男には目もくれず、シャノロッテが愉快そうに目を細めた。

「いかにも強面《こわもて》の男を天帝に仕立てるあたり、本物はさぞ弱々しい爺《じい》さんかしら。それとも年端《としは》もいかない子供？……ところでミスミスちゃん、機構Ⅰ師に昇格したんだね？　おめでとう」

ゾッとするほど無機質な冷笑で。

「つまりミスミスちゃんは、本物の天帝を知ってるのよねぇ？」

「…………」

「会えてうれしいわぁ。本当よ？　この気持ちは嘘じゃない。だって――」

胸に手をあてるシャノロッテ。

こちらの顔を覗《のぞ》きこむように、上半身を前のめりにして。

「使徒聖に瞬殺される覚悟で乗りこんできたのに、やってきたのがアンタみたいな間抜けだなんてね！」

「っ！」

強烈な音を響かせて、シャノロッテが床を蹴った。

獣の突進めいた勢い。

対し、ミスミスは全力で後ろへ跳んで――だが二人の挙動はほぼ同時でも、男勝りの体格を誇るシャノロッテとは歩幅が違う。

前進と後退。

同じ一歩でも、一メートル近く距離が縮んだ。

「あははっ。可愛《かわい》いわぁミスミスちゃん、それで私から逃げようなん――っ!」

シャノロッテが弾《はじ》かれたように振り返る。

十字路からの異様な気配。

それは二足歩行の機械兵だった。殲滅物体《オブジェクト》を彷彿《ほうふつ》とさせる重厚な装甲は、数々の星霊術を受け流し、銃弾にも耐える強度がある。

それが優に三十体以上。

「へえ。天守府《ここ》は警備システム満載ってわけね。でも……」

ジッ。

シャノロッテの右手から稲光――

ミスミスがそう認識した直後、人間の胴体より太い雷撃の筋が何十本と迸《ほとばし》り、その中心からレーザー砲のごとき閃光《せんこう》が放たれた。

「邪魔しないでもらえるかしらぁ」

廊下の壁をえぐり取り――

天井の監視カメラ、星霊エネルギー検出器を薙《な》ぎ払《はら》い――

向かってくる機械兵を一体残らず消し飛ばし、さらに奥の壁を真っ黒に焼き焦がす。

「……うそ……」

その光景を、ミスミスは呆然《ぼうぜん》と眺めるしかなかった。

あまりに巨大な雷撃。

廊下を埋めつくすほどの閃光だ。廊下のどこにいても避けようがない。

「どうミスミスちゃん？　凄《すご》いでしょう？」

シャノロッテが振り返る。

いまだバチバチと放電を続ける右手を、見せつけるがごとく掲げてみせて。

「あ、もちろんミスミスちゃんには使わないわよ。だって天帝の居場所を聞かなきゃいけないもん。もっともっと弱い稲妻で、ちびちび虐《いじ》めてあげる」

「――っ！　ノロちゃん聞いて！」

見下したまなざしの同僚を、キッとにらみ返す。

やっぱりだ。

自分は見下されている。警戒の対象にさえなっていない。だから話を聞ける余裕がある。間違っても後れなど取らないと確信している。

「……アタシ、ノロちゃんに言わなきゃいけないことがあるんだよ」

「へぇ？　いいわ、二十秒だけ聞いてあげる。話だけはね」

「………………」

こちらを見下ろす目を、見つめ返して。

「……自分でも変だと思うけど、アタシ、まだノロちゃんが敵に思えないんだよ……」

「んん？」

「だからやめて！　確かに今のノロちゃんは凄いよ……だけど一人で天守府に乗りこんで、それでどうにかできるほど帝国だって弱くないんだよ！　ノロちゃんは自分の命を無駄にしようとしてる。それを見るのが辛《つら》いの！」

「……は？　馬鹿じゃない？」

金髪の魔女が、不快をあらわにした。

眉間に深い皺《しわ》を寄せて。

「あのねぇ？　帝国人《アンタ》にとっちゃ私は魔女なの。で、帝国軍の身分証を奪って、基地に忍びこんで、天帝の首を掻《か》き斬ってやろうって思ってるの。その私をアンタが説得して何になるの？　ああわかった、遠回しに投降しろって勧めてるのね」

「……違うの。違うんだよノロちゃん」

「何が違うのよ」

「……アタシは……ノロちゃんのことがどうしても嫌いになれないだけ……」

「私は帝国人が大嫌いだけど？」

「…………」

わかってる。

シャノロッテ・グレゴリーは生まれも育ちも皇庁だ。ゾア家のもとで密偵として訓練を積み、決死の覚悟で帝国軍に忍びこんだ。

すべては同志のために——

すべては帝国を滅ぼすために——

士官学校を経て、自分《ミスミス》と一緒に過ごしてきた笑顔も偽りだったことくらい。

「ノロちゃんは、帝国人が嫌い」

「ええそうよ」

「……なら星霊使いは？」

「星霊使い？」

一瞬、きょとんと瞬《まばた》きした後に。

シャノロッテは晴れ晴れとした笑顔で大きく頷《うなず》いてみせた。

「星霊使いは大切な仲間よぉ。アンタとは違うわ」

そうだ、ろう。

そう言うだろう。彼女の選別基準は「帝国人かそれ以外」であると同時に、「星霊使いかそれ以外」でもあるのだ。

「じゃあ……やっぱりアタシだって仲間だよ！」

「は？」

これ以上の言葉は無意味。

ただ黙って、速やかに、ミスミスは自分の上着を脱ぎさりシャツ姿に。その勢いのまま左肩をめくってシールを剝がした。

──あふれる光。

翠色の紋様が浮かびあがった肩を露出させる。

「アタシだってノロちゃんと同じなんだよ！　星霊使いに……なったんだよ」

「っ⁉」

シャノロッテの表情が、引《ひ》き攣《つ》った。

あらゆる想定の外から飛びこんできた事実に、脳が一瞬思考を止めたのだ。

「………どういうこと……」

シャノロッテの呟《つぶや》き。

星霊使いは生まれつきだ。帝国出身の人間であるミスミスが、後天的に星霊使いに目覚めるようなことはありえない。

ただし、一つだけ例外が――

「ああわかったわぁ」

小さな嘆息。

シャノロッテの表情に、苛立《いらだ》ちが混じった。

「星脈噴出泉《ボルテックス》」

「……うん」

「自分から落ちたわけないし。滑ったか転んだかで穴に転がり落ちたんだ？」

「……だから言いたかったの。アタシ、ノロちゃんを敵に思えないって」

左肩を押さえる。

手で必死に隠しても、星紋の光は指の隙間から溢《あふ》れてしまう。

「……この立場になって、ノロちゃんの気持ちが少し分かった気がするの。帝国での生活がどれだけ息苦しいか」

帝国《こ こ》は、魔女の住めない地なのだ。

星霊エネルギーの検出器がいたるところに設置され、一機に反応されれば、たちどころに帝国兵がやってくる。

――この身になって。

――慣れ親しんだ帝国軍の寮が、魔女を捕らえる檻《おり》に見えた。

いつ検出器が反応するか。

いつ他の部隊に、同僚たちに知られてしまうか。その時どんな表情をされるのか。想像するだけで寒気がした。全身の血が凍りつきそうだった。

「……それがわかった時ね、アタシ、この先どうすればいいんだろうって」

帝国軍人として皇庁から憎まれて。

星霊使いとして帝国から嫌われて。

二つの国のどちらにも馴染《なじ》めない立場になってしまった。

「同じ帝国軍人で！　元同僚で！　星霊使いのノロちゃんを思いだしちゃうんだよ！」

そんな自分と。

最も近しい境遇の人間がシャノロッテだったのだ。

「だからお願いノロちゃん！　アタシはノロちゃ――――っ」

「前言撤回」


銃弾が、ミスミスの左肩を掠《かす》めて斬り裂いた。


「……痛っ」

経験したことのない痛みに、ミスミスの口から悲鳴が零《こぼ》れ出た。

――星紋を撃たれた。

薄皮一枚。翠色の星紋のちょうど真ん中あたりの皮膚が割け、そこから赤い滴がツッと滴《したた》り落《お》ちていく。

「……ノ……ロちゃ……ん……？」

「ねえミスミスちゃん。私ね、やっぱり帝国人が嫌いとか以前に、アンタが嫌い」

帝国軍の銃。

この基地で奪ってきたであろう銃を、慣れた手つきで弄《いじ》る元隊長。

「いいわよねぇ。優秀な部下と賢い上司に囲まれて。で、そうやって周りから甘やかされてここまで来たんでしょ」

「っ！」

「癪《しゃく》に障《さわ》るのよ！　アンタの温《ぬる》い言葉一つ一つが！」

拳銃を構えたシャノロッテの指先に、力がこもる。

左肩の激痛に堪え、ミスミスは無我夢中で身を投げだした。床を転がりながら十字路の隅に身を隠そうと――

「がっ……⁉」

脳天から爪先まで、全身の骨と神経が悲鳴を上げた。

骨が燃えるような熱さと痛み。

全身の自由が利かない。糸の切れた操り人形のごとく倒れていく。この痛みを、前にも味わったことがある。

「残念ねぇミスミスちゃん。壁があれば弾丸は避けられるけど、私の雷撃はこれくらいの壁は伝わっちゃうのよねぇ」

……カツン。

弾薬の切れた銃が、自分の目の前に投げ捨てられる。

「あらどうしたの？　そんなところで寝ちゃって。私と仲良くしたくてここまでやって来たんでしょ？」

霞《かす》む視界。

その先で、屈《かが》みこむシャノロッテが両手を広げていた。

抱擁を求めるような仕草でだ。

「ほらほらミスミスちゃん、ここまで歩いて来られたら抱きしめてあげるわよ？　私のこと好きなんでしょ。それなら立ち上がれるわよねぇ？」

「――――」

「どうしたの？　もう立ち上がれない？　ならやっぱりアンタは――」

「……試さないで」

「？」

「……どれだけアタシのことバカにしても……アタシ、ノロちゃんのこと嫌いになれないんだよ」

歯を食いしばる。

千切れそうな意識を限界ぎりぎりで繋《つな》ぎ止《と》め、ミスミスは両肩に力を込めた。

痙攣《けいれん》する腕。起き上がれない。うつ伏せから起き上がれず、床に這《は》いつくばるしかできずにいる。

それでも、かろうじて動く眼球で元同僚をしかと見据えて。

「アタシは……ノロちゃんと、こんな形で話し合いたくないの……お願いだから」

「もういい」

空気が、変わった。

バチッ……と、シャノロッテの全身から迸《ほとばし》った雷光が、蛇のごとくぐるぐると絡《から》みつくように全身を駆けめぐって右腕へと集束していく。

本気の雷撃。

汚《けが》らわしい物を見つめるようなシャノロッテの目が、何より如実《にょじつ》にそう伝えてくる。

「天帝は自分で捜すわ。アンタのよく動く目と口を、もう見たくない」

「っ！」

「消し飛ばしてあげる。私の最大出力で」

黄金色の右腕。

自然の雷かそれ以上の力が宿ったその雷撃を、右腕ごと振り下ろし。鼓膜が破れるような雷の轟音《ごうおん》が迫っ――――

…………

…………………あれ？

雷鳴轟《とどろ》くなか、ミスミスは、そこに『風』の声を聴いた。

So E lu emne xel noi Es.《わたしを受け入れて》

いつ、どこで聴いたか定《さだ》かではない。

不思議だ。

シャノロッテの雷がこんなにも近くで、激しく轟いているというのに。

サァァッ……とそよぐ『風』の方がはるかに大きく感じる。

なぜならば——

その音《こえ》は、自分自身の内側から聞こえた音《こえ》だったからだ。


〝隊長、あなた星霊の声を聞いたことは？〟


ずっと昔。

皇庁までシスベル王女を連れて行くと約束した時のこと。そのシスベル王女が、そんなことを言っていた。

でも……。

なぜ今になって、今この時に、思いだしたんだろう。

〝夢心地で声が聞こえてくる〟
〝その時が、あなたが星霊使いとして目覚める時です〟

夢心地。
声が聞こえてくる……？　目覚める……？

So E lu emne xel noi Es.《わたしを受け入れて》
Sez nemme Es tury. Uhw kis melras wop kyel eis pheno.《あなたに恵みを与えます。それは「あの子」に連なる力。》
E ema evoia fert Ez lihit. Xel cia miel bie shel.《あなたは、あなたの望む全てになれる。わたしはその願いを満たす。》

吹き荒れた。
キラキラと輝く碧色《あおいろ》の光が、気流を巻くようにしてミスミスの左肩から生まれ、そして天守府の通路を埋めつくすように満ちていく。

暖かい。

怒り狂う雷のなか、春風のように穏やかな風が渦を巻いていく。

「っ⁉　この風は……⁉」

歴戦の星霊使いであるシャノロッテは、これがミスミスの星霊術だと瞬時に察した。

風？

しかし千差万別だ。鎌鼬《かまいたち》のように風の刃で対象を引き裂くものや、女王のように風で相手をバラバラに吹き飛ばすものもある。

あるいは風の障壁《バリア》か？

風は目に見えない。その正体を推し量るのは極めて難しい。

だが――

「あははは！　本当、アンタにぴったりの星霊ねぇミスミスちゃん！」

シャノロッテの嬌笑《きょうしょう》。

右手に溜《た》まった最大威力の雷撃をミスミスめがけて撃ち放つ。

「風は発動が鈍いのよ。アンタと同じでね！　だからバイバイ！」

そして。

何も起きなかった。

雷の星霊使いは、我が目を疑ったことだろう。

「…………え？」

心境の現し身——怒り狂い爆《は》ぜる雷撃が、この廊下に満ちる気流に触れた途端、ふっと消えたのだ。

消滅？

いや……今のはまるで……雷撃が、風に撫《な》でられて消えたかのようだった。

喩《たと》えるならば「良い子ね」と。

母に優しく撫でられたことで、泣きわめいていた子が安らぎ、そして鎮《しず》まるように。

雷撃が、鎮まった。

「…………………………は？　じょ、冗談じゃないわ！」

我に返ったシャノロッテが、再び星霊術を発動。

我が手に雷を宿らせ、それを、倒れたままのミスミスに撃ち放つ。一発二発、三発。

その悉《ことごと》くがふっと消滅。

光輝く風に撫でられて、穏やかな光の残滓《ざんし》だけを残して消えていく。

「——そんなっ⁉」

言葉を失い、立ち尽くす。

何もかもがシャノロッテの想定外だ。ミスミスの魔女化もそうだが、それ以上に、この星霊の特異性はありえない。

星霊の破壊衝動を鎮める星霊？

そんなもの聞いたことさえない。類似の類《たぐい》さえない。

極めて希有《けう》。そのうえ、純血種並に強化された雷撃をこうも容易《たやす》く鎮めるその力もだ。

純血種に匹敵するほど大きい。

「……なんで」

よろめく。

あまりの衝撃に全身から力が抜け落ち、シャノロッテは壁によりかかった。

「アンタみたいな帝国人が、なんでそんな星霊を手にしてるのよ⁉」

〝そうかな？　むしろ必然だろう〟

天守府のどこか遠く。

可笑《おか》しがるように呟《つぶや》かれたその言葉を、シャノロッテは知る由《よし》もなかった。

‖

『皇庁の民の悪癖だね。自分たちが星に選ばれたと思ってる』


天守府——

五つの塔《ビル》からなる建造物の、もっとも中枢にあたる塔《ビル》の最上部『非想非非想天《ひそうひひそうてん》』。

愛らしい中性的な声で。

けれど老獪《ろうかい》な口ぶりで。

『皇庁の始祖たるネビュリス姉妹だって、元は帝国人だ。帝国人がちょっと珍しい星霊を宿すことに何のふしぎもないんだよ』

パチッ。パチリ……と。

何十枚と敷かれた畳の間に座りこみ、銀色の獣人が盤遊戯《ボードゲーム》に興じていた。

一人で二つの陣地を動かす──

帝国と皇庁。そう描かれた互いの駒を、たった一人で交互に動かしながら。

『……懐《なつ》かしいねぇ』

天帝ユンメルンゲンが、その大きな目を糸のように細くする。

言葉通り、懐かしむように天井を見上げて。

『ミスミス隊長……あの娘の左肩にできた碧色の星紋。メルンも驚いたよ。ずっと昔に、それと同じものを見たことがあったからね』

ずっと昔。

まだ皇太子であった頃。

深き地底から噴きだした未解析エネルギーを浴び、帝都の住民に謎の痣《あざ》が浮かび上がる現象が多発していた頃だ。

『……ああ違うな。見たのはクロだ。メルンはそれを聞かされたんだった』

〝アリス義姉《ねえ》さん⁉〟

〝義姉アリスローズの左肩に、浮かび上がる緑色の痣〟

双子のネビュリス姉妹。

二人は、多くの星霊使いを引き連れて帝国を飛びだした。

姉エヴは「始祖」と呼ばれ――

妹アリスローズは皇庁の初代女王となり、後に星・月・太陽へと連なる三子をもうけた。

ちなみに。

姉《エヴ》の星霊とは違い、妹《アリスローズ》が星霊術を使った記録はほとんどない。

『アリスローズの星霊は「風祝《かぜほうり》」。星霊の昂《たか》ぶりを鎮める力をもつ。攻撃的な星霊術を限りなく薄めて相殺《そうさい》するわけだ』

ユンメルンゲンの指先が、盤上の駒の一つを持ち上げた。

皇庁の「女王」の駒。

それを帝国側の「兵」へと重ねる。

『これは、星霊を戦いに用いるべきではないという願いの具現化なのさ。初代ネビュリス女王アリスローズの星霊』

ユンメルンゲンは今も覚えている。

帝都が燃えた日――

〝みんな、もうやめて！〟

〝わたしたち、おとなしくこの国を去ろうとしているだけです！　お願い、どうか話を聞いて。こんな争い誰も望んでないのに〟

銃声と悲鳴に満ちた世界で。

たった一人、アリスローズだけが平和を叫び、帝国兵の前で訴えていた。

誰よりも平和を愛していたのだ。

『もう一度言おうか？　これは必然なのさ。星・月・太陽。女王の座を懸けて骨肉の争いを繰り返す子孫に、どうして彼女《アリスローズ》の星霊が宿るだろう？』

そう。

かつて帝国人であった初代女王の星霊は……子孫の誰にも宿らなかった。

彼女《アリスローズ》の星霊は――

彼女《アリスローズ》と同じ境遇となるべくして帝国人を選んだのだ。

――――

「――ふざけんじゃないわよ！」

天守府、第三塔《ビル》。

輝く気流が渦巻く廊下で、シャノロッテは唇が切れる勢いで怒声を上げた。

雷撃が打ち消される。

だが無制限ではあるまい。無効化できる距離が当然あるだろうし、他にも弱点は幾つでもあるに違いない。とはいえ――

「学者じゃないのよ、星霊を研究するつもりはないのよねぇ！」

廊下を蹴り、一足飛びでミスミスへと迫り寄った。

うつ伏せのままのミスミスの首を摑《つか》み、その小柄な身体《からだ》を持ち上げる。

「……くっ……あ……！」

「ははっ！　なんて可愛《かわい》いのミスミスちゃん！　誰も傷つけないいんじゃなく、傷つけられない星霊ってことでしょ！　今なーんの役にも立たないじゃない！」

首を締め上げながら、シャノロッテは確信した。

ミスミスの星霊は脅威にはならない。

星霊術が使えずとも戦闘はできる。銃でも拳でもだ。そしてシャノロッテとミスミスの体格差は、いわば大人と子供。

「このまま窒息するのと顔をグシャグシャに殴り潰されるの、どっちが好きかしら？」

「────ア────いい────」

「あらぁミスミスちゃん？　喉を潰されて声が出ないの？」

「っ！」

ミスミスが双眸《そうぼう》を見開いた。

首を締めつけるシャノロッテの手首を、両手で思いきり握り返して。

「……アタシ一人……で勝て、なくたっていい」

「何ですって？」

「ノロちゃんが星霊術さえ使えないなら、ア、アタシ、た、ちが勝つ！」

銃声。

シャノロッテの左太股《ふともも》と右肩から、赤い飛沫《ひまつ》が噴きだした。

二発の弾丸。

それは、廊下のはるか奥から放たれたものだった。

「────────っっっ!?」

「二発だ。うちの隊長《ボス》に二度も手ぇ出したからな」

カツッ……と。

靴音を響かせ、狙撃銃を提げた銀髪の青年が近づいてくる。

「ミュドル峡谷と今回。三度目は無さそうだがな」

「……ジン君！」

床に放り投げられたミスミスが、激しく咳《せ》きこみながらも立ち上がる。

その姿に奥歯を噛《か》みしめながら――

シャノロッテは、懐《ふところ》から卵形の投擲《とうてき》物を取りだした。片手は使えない。片手で投擲物を握りしめ、口でピンを噛んでそのまま引っこ抜く。

「手榴弾《しゅりゅうだん》か！」

銀髪の青年がミスミスの手を引き、後方へ引き寄せる。

と同時に、閃光《せんこう》。

暴徒鎮圧用の閃光手榴弾《スタングレネード》が光と音を撒《ま》き散《ち》らし……ジンとミスミスが顔を上げた時、目の前にシャノロッテはいなかった。

その先には――

片足を引きずったであろう赤い足跡が、通路の奥へと延びていた。

3

オーメン第一研究所。

その地下——避難用シェルターに面した廊下に、けたたましき三重奏が、嵐さながらに吹き荒れた。

毎分・数千発に迫る勢いで放たれる銃弾。

次々と落下していく天井の瓦礫《がれき》と、粉塵《ふんじん》を巻き上げる崩壊音。

そして魔女ヴィソワーズの嬌笑《きょうしょう》が。

『あはははっ！　超すごい！　そんなに弾丸撃たれたら、あたしボロボロの穴だらけになっちゃうわ————っ！』

「……うわ面倒くせえ」

カラン、と床を転がる空薬莢《やっきょう》。

菫色《ヴァイオレット》の炎をまとう魔女が宙に浮かぶのを睨《にら》みつけ、使徒聖第三席・冥《メイ》は、心底煩わしげな声でそう呟いた。

壁に穿《うが》たれた無数の銃痕。

が。撃たれたはずの魔女《ヴィソワーズ》には傷一つ付いていない。

弾丸がすり抜けた。

『ねえねえ使徒聖さん、あたしソレ見たことないんだけど。帝国軍の最新兵器かしら？　それともあなた用の特注品？』

「知らねぇよ。開発部局に聞きな」

冥が担《かつ》ぐガトリング砲は、電子制御型36連機関砲「暴嵐荒廃の王《ルインドキング・ハリケーン》」。

最大毎秒一〇〇〇発にも達する一斉射撃は、文字どおり降りそそぐ弾丸の嵐であり、これを完璧に迎撃した星霊術はいまだ存在しない。

が――

あくまで対人兵器。

人外の怪物を想定して造られてはいない。

「どんな身体してんだお前？　弾丸がすり抜けんのか？」

『そそ。何万発使っても弾のムダなんだから、諦めて黒焦げになっちゃいなさい』

ぽっ、と火の粉が灯《とも》った。

魔女の掌《てのひら》で炎が回転しながら、人間一人を呑《の》みこむほどにまで巨大化。それを見上げ、冥は舌打ちと同時に後方へと跳んだ。

――地下フロアの廊下。

横に避けるには、この廊下は狭すぎる。

轟《ごう》！

星炎が噴き上がり、炎に煽《あお》られた天井がみるみると融解。何百キロはあろう瓦礫が冥の頭上めがけて連鎖的に落ちてくる。

「クソくっだらねえ！　当てる気ねぇだろ」

『どうせ避けちゃうでしょ？』

宙に浮かぶ魔女《ヴィソワーズ》が、罵倒さえ心地よさげに目を細める。

『嫌ってほど知ってんのよ。アンタら使徒聖がどれだけしぶとくて執念深いか。ってか、あたしの目的って帝国軍と戦うことじゃないし？』

「なら消えな。いい加減、天井から瓦礫を降らすのウザいんだが」

『いいわよ。このフロアを埋没させ終えたらね！』

ヴィソワーズの掌に、再び炎が灯る。

天井すれすれに浮かび、何かを探しているのか視線だけを小まめに動かしながら。

『この地下を埋没させる。階段も昇降機《エレベーター》も避難用階段もみーんな埋める。それでいいの。あたしはここを通せんぼすればソレでいい』

「回りくどいねぇ。災厄の研究物一つ奪うのに、ずいぶん手間かけてるじゃねえか」

『太陽《ウチ》の当主代理がお望みなのよ。だから従うしかな――――っ』

ガラッ、と。

二メートル近く積もった瓦礫の山。小さな破片が微《かす》かに跳ねる気配を察した途端、魔女ヴィソワーズの目が見開いた。

「ヴィソワーズ！」

『あはは、わかってんのよイスカちゃーん！』

瓦礫の山が弾《はじ》け飛ぶ。

そこから飛びだしたイスカが黒の星剣を横薙《な》ぎに払い――――チッ、とその刃が魔女《ヴィソワーズ》の肌を掠《かす》めて空を斬った。

『不意を突いて瓦礫で埋めたってのに、やっぱりアンタ死なないわね！』

「これで三度目だ」

額から流れる赤い滴をぬぐい取り、イスカは頭上の魔女を睨みつけた。

「お前との付き合いはまっぴらご免だ。降りてこい」

『決着つけたい？　それこそまっぴらご免よ。あたしは時間稼ぎって言ったでしょ』

イスカと魔女《ヴィソワーズ》の距離はおよそ五メートル。

本来ならば一歩。

一呼吸で懐に飛び込める間合いではあるが、それを妨げるのが廊下のそこかしこに堆《うずたか》く積もった瓦礫の山だ。

さらに、魔女《ヴィソワーズ》の放った菫色の炎も壁や天井で燃え続けている。

……まるで攻め気がない。

……あくまで黒子。ミゼルヒビィのための時間稼ぎに徹する気か？

ここは地下。

一階に続く中央階段と昇降機《エレベーター》は崩落に潰された。残る非常階段への行く手を魔女《ヴィソワーズ》に妨げられている。

だが、何だ？

この魔女《ヴィソワーズ》の不敵すぎる態度は。

……自分は時間稼ぎだけしてればいいと？　本気か？

……ミゼルヒビィには、アリスとキッシングの二人が向かってるんだぞ？

戦力差はある。

ミゼルヒビィの『光輝』が一対多数に長《た》けていようと、あの二人を相手取ることができるとは思えない。

……いや逆に考えろ。

……この状況でなお、ミゼルヒビィが自身の勝利を見込んでいるとすれば？

いったいどんな手段が――

「っ、まさか！」

その可能性に思い至った瞬間。

脳天を刺し貫かれたかのごとき悪寒《おかん》が、イスカの全身を過《よぎ》っていった。

答えは目の前にある。

今まさに戦っている魔女《ヴィソワーズ》こそが、この「時間稼ぎ」の正体そのものでは？

「冥さん！」

後方の元同僚へ、イスカは声を張り上げた。

宙に浮かぶ魔女《ヴィソワーズ》を指さして。

「ミゼルヒビィの狙いは魔女化だ、自分自身が魔女になる気でいる！」

「……へえ！」

『……ちっ』

冥の感嘆めいた相槌《あいづち》に続き、魔女《ヴィソワーズ》が舌打ち。

のらりくらりと不敵な笑みで誤魔化していた仮面が剝がれ、そのまなざしが冷たく無感情へ変貌していく。

『バカだね。アンタら本当にバカだ』

天井すれすれに浮かぶ魔女《ヴィソワーズ》が、両手を広げた。

無数の火の粉を従えて。

『鳥籠って言っただろ。気づかない小鳥のままなら、あたしも楽しく愛《め》でてあげたのに。

言っとくけど逃がすつもりは――』

「どけ」

一秒とて待つつもりはない。

ミゼルヒビィが災厄の力を手に入れれば、この魔女《ヴィソワーズ》や堕天使のような進化が起きるのは容易に想像がつく。

……いや、もしも……万が一にもだ。

……イリーティアのような怪物の中の怪物に変貌したら？

手に負えない。

アリスとキッシングが災厄の力を力ずくで奪えなければ、ミゼルヒビィが未曽有の怪物に至る可能性もある。

「『菫色の小惑星《ヴァイオレット・ベルト》』」

菫色《ヴァイオレット》の火が、廊下を埋めつくす火球へと膨れあがる。

避けようがない。だが――

『星剣なら斬れるって？　それはもう知ってんのよ！』

魔女《ヴィソワーズ》が、両手を振り上げた。

火球が向かった先はイスカでも冥でもなく、既に穴だらけになった天井。

崩落しかけたコンクリート壁が菫色の小惑星《ヴァイオレット・ベルト》の熱でみるみる融解し、自らの重みを支えきれずに音を立てて崩れ落ちていく。

「完全に崩落させる気か!?」

星剣の、いや剣の限界だ。

天井のコンクリート壁が何百キロ、何トンという重量で落下してくれれば、それを薙ぎ払うことは不可能。ならば。

「冥さん」

「暴嵐荒廃の王《ルインドキング・ハリケーン》、起動」

イスカと冥は同時に動いていた。

イスカがまっすぐ瓦礫に向かって走りだし、そして冥が――

「這《は》い走りな。頭が飛ぶぜ？」

毎秒1、0、0、0、発の艦載兵器。

電子制御型36連機関砲「暴嵐荒廃の王《ルインドキング・ハリケーン》」が唸《うな》りを上げるや、そこから生まれた黒い嵐が、イスカの頭上をすり抜け、その先の何もかもを吹き飛ばした。

何百キロという瓦礫《がれき》を砂サイズに分解し――

どろどろと溶けだすコンクリートを消し飛ばし――

淀《よど》んだ黒煙を一瞬のうちに吹き飛ばす。

視界が晴れた。

もはや一切の障害物もない。星剣を手にしたイスカが床を蹴る、その刹那――イスカの目に映ったものは、夜よりも濃い黒点だった。


「極砲『骸《むくろ》の魔弾』」


魔女ヴィソワーズの両手の中心で、一切の光を排除した闇の球体が形成される。

「っ？　何だおい！」

冥《メイ》が訝《いぶか》しげに目を細める最中、イスカは奥歯を噛《か》みしめていた。

い、いや、しまった。

自分《イスカ》は知っている。あの黒い球体が超小型の重力崩壊星《ブラックホール》であると。

ピシッ。

イスカの足下で、いや廊下の至るところから、床に散った小さなコンクリート片が宙に浮かんで重力崩壊星《ブラックホール》めがけて吸いこまれていく。

「……このためか！」

時間稼ぎは虚偽《ブラフ》。

のらりくらりとそこら中の壁や天井を破壊し、骸《むくろ》の魔弾の素材を集めていたのだ。

「言葉を返すわイスカちゃん」

ヴィソワーズの手元で骸《むくろ》の魔弾が完成していく。

コンクリート片を。

天井にあった監視カメラの残骸を。

壁を伝う空気輸送管《ダクト》を。

あたり一面にある無機物すべてを吸い上げ、押し固め、何トンという質量の弾丸を精製していく。

「これで三度目。そろそろ本当にぶっ倒れてくれていいんじゃない！」

骸《むくろ》の魔弾は止められない。

どうする？　廊下の真《ま》っ只中《ただなか》では逃げ場もない。

壁を斬って隙間に潜りこむ？　天井で剝《む》きだしの電気ケーブルに摑《つか》まる？

ダメだ。どれも狙い撃ちにされて逃げようがない。

「さあイスカちゃん――」

「イスカ兄っ⁉」

甲高い声は、ちょうど自分《イスカ》と冥の中間地点から。

避難用シェルターの扉から、崩壊音を聞きつけて飛びだしてきたであろう音々が、青ざめた顔で宙を見上げていたのだ。

骸《むくろ》の魔弾は知っている。

ルゥ家の別荘で、音々もまた、魔女《ヴィソワーズ》と対峙《たいじ》した身だ。

だからこそ――

音々の瞬発的選択に、イスカは、冥は、そして魔女《ヴィソワーズ》さえも我が目を疑った。

「どいてイスカ兄っ！」

帝国軍の拳銃を引き抜くや、音々が廊下へと飛びだしたのだ。

武器は、あまりにも頼りない拳銃一つ。撃ったところで骸《むくろ》の魔弾には程遠く、ヴィソワーズの肉体は弾丸をすり抜ける。

何の意味もない。

「音々っ⁉」

「どけ邪魔だ！」

「あはははっ！　嘘《うそ》でしょ、それ帝国で流行《はや》ってる冗談《ジョーク》かしら！」

驚愕《きょうがく》と、怒号と、嘲笑と。

三者三様の叫び声が響きわたるなか、ただ一人――

「帝国軍機構Ｉ師、第九〇七部隊所属」

少女のまなざしは冬の水面のごとく澄み、そして静謐《せいひつ》だった。

「音々は知ってるから」

銃声。

あまりに頼りなく思える一発の弾丸が、骸《むくろ》の魔弾をすり抜けて、魔女《ヴィソワーズ》の首筋を掠《かす》め、その背後の壁に着弾した。

「は？」

目をみひらく魔女《ヴィソワーズ》。

失望と失笑で。

「あんた、止まってるあたしに当てることもできないの？　いやちょっと何が起きるかワクワクしてたんだけど。本当に何もないの？」

「────」

「何を知ってる云々《うんぬん》言ってたじゃない。何を知ってるって？」

「……音々は、狂科学者《ケルヴィナ》の施設でも同じものを見たことがあったから」

赤毛の少女が、銃を下ろした。

「ここは星霊研究機関オーメン。地下から吸い上げた星霊エネルギーを研究するところ」

「は？　だか────」

魔女《ヴィソワーズ》の失笑が凍りついた。

ようやく察した。背後の壁を伝う巨大な輸送管《ダクト》から、しゅうしゅう、と光輝く霧状の何かが溢《あふ》れだしていたことに。

──ここは地下のフロア。

──地下から吸い上げた星霊エネルギーは、必ずここの輸送管《ダクト》を通過する。

音々の弾丸は壁に当たった。

それが外れたのではなく、すべて狙い澄まして撃ったとしたら？

「……まさか!?」

魔女ヴィソワーズが振り返ったのと同時。

弾丸一発分の穴が穿《うが》たれた輸送管《ダクト》から、煌《きら》めく星霊エネルギーが噴きだした。

「〜〜〜〜〜〜〜〜〜〜〜〜〜〜〜〜〜〜っっっっ⁉」


かつて。

狂科学者《ケルヴィナ》は、災厄の力によって魔天使へと変貌し、こう言った。

〝人間《おまえ》には無害な星霊エネルギーも、私にとっては猛毒なのだよ〟

〝私の肉体が拒絶反応を起こしてしまう〟


ぐしゃっ、と。瓦礫が床に落ちた。

一つ。また一つ。

骸《むくろ》の魔弾が空中分解していく。

瓦礫を押し固めていた「力」が消え、瓦礫が床へと落下する。音を立てて潰れる瓦礫の、その奥で。


「────────」


魔女ヴィソワーズは、起き上がることもできず床に倒れ伏していた。

膨大な星霊エネルギーが、まさしく猛毒となったのだ。

「……帝国人が………ははっ……星霊を利用?……笑えもしない……」

仰向けで、弱々しく息を吐く。

指一本動かせないのだろう。かろうじて動く目と唇だけで、ヴィソワーズは音々を射るように睨《ね》めつけていた。

「……星霊は……あたしたち星霊使いのもの……帝国人に利用される……なんて……」

「そうかもしれない」

応じる音々の口ぶりは、真摯だった。

「でも、あなたは星霊を捨てちゃった」

「っ！」

そう。

災厄の力に惹《ひ》かれるがまま星霊を捨てた星霊使い。

最後の切り札に星霊を選んだ帝国人。

星霊が微笑《ほほえ》んだのは、後者だった。

長い。

長い静寂を隔てて。

「────────そっか」

ぽつりと口にしたヴィソワーズの声は、驚くほど軽やかだった。

まるで。

魔女の呪縛から解き放たれた、一人の少女であるように。

「……帝国人に負けるのは……耐えがたいけどさ。これが星霊からの報いだというのなら……仕方ないわねぇ……」

═══

同時刻。

もう一つの戦場も、時同じくして決着がついていた。

プツリと糸が切れるが如《ごと》く。

太陽の王女ミゼルヒビィとその親衛隊が、膝からくずおれて倒れていったのだ。

「…………こん…………な……」

うつ伏せに倒れたミゼルヒビィ。

憤怒《ふんぬ》のまなざしの先には、肩で息をする星の王女が立っていた。

「……暴れに暴れてくれたじゃない、ミゼルヒビィ」

滝のような汗を拭い、アリスは半分呆《あき》れ口調でそう口にした。

頬は煤《すす》で真っ黒。炎の星霊術に炙《あぶ》られた両手の指先は、軽い火傷《やけど》を帯びている。

「謝罪と弁償を求めます」

そう続けたのは月の王女キッシング。

こちらも艶やかな黒髪が強風に煽《あお》られてボサボサで、王衣《ドレス》の裾も半ばでズタズタに斬り裂かれている。

――消耗戦。

――いや潰し合いと言った方が正しかったかもしれない。

光輝の力を得た『暁の軍勢』で、総攻撃を仕掛けたミゼルヒビィ。

あらゆる星霊術が純血種並みの威力で次々と襲ってくる。それをアリスとキッシングが死に物狂いで耐え続けて……。

「あなたが倒れ、わたしたちが見下ろしている。勝者がどちらかわかるわね？」

壁に手をついて身を支え、アリスはそう宣言した。

……汗と寒気が止まらない。

手練《てだ》れの部下を必要とする条件が付きまとうが、ミゼルヒビィの『光輝』、そしてその軍勢がここまでの脅威だったとは。

「あなたの星霊が冗談みたいな力なのはわかったけど、それだけ力を他人に注げばさすがに消耗も早かったわね」

「……だま……れ……！」

「わたしを睨《にら》んだって身体《からだ》は動かないでしょ？」

一歩、一歩。

慎重な足取りでミゼルヒビィまで近づいて身を屈《かが》め、アリスはその手に握られた小瓶《アンプル》を摑んだ。

「やめろおぉぉぉぉっぉぉっぉぉっっっっ！」

ミゼルヒビィの咆吼《ほうこう》。

起き上がることもできない太陽の王女が、目を血走らせ、小瓶《アンプル》を握る自分の手首を、とてつもない力で摑み返してきた。

「っ、ミゼルヒビィ……まだ諦めない気！」

「邪魔を……するな……この力が、私には必要なの……よ！」

気品も矜持《きょうじ》もない。

あらゆる「王女」をかなぐり捨てて、ミゼルヒビィはこの小瓶《アンプル》に縋《すが》っていた。

「……ミゼルヒビィ、どうしてそこまで拘《こだわ》るの！」

「どうしてですって？　はっ！　あんた、お前の姉がどんな化け物になったか知っていてそんな口を叩《たた》くのかしら！」

「っ」

ミゼルヒビィの口から出た姉《イリーティア》の名が——

何より雄弁にその動機を教えてくれた。

ミゼルヒビィは、あの怪物を超えるために自ら災厄の力を求めたのだと。

……そう。

……あなたの覚悟だけは、わたし馬鹿にしないであげる。

ミゼルヒビィが大きく身震い。

今度こそ力つきたのだろう。意識を失った彼女の手から小瓶《アンプル》が滑り落ちていくのを見届けて、キッシングへと振り返る。

「地上の帝国軍に連絡するわ。太陽の王女をあなたたちに引き渡すって」

オーメン第一研究所、倉庫外。

小瓶《アンプル》を手にしたアリスが外に出た時にはもう、武装した帝国兵が待機していた。

「……ご覧のとおりよ」

担架で運ばれつつあるミゼルヒビィ。

手には星霊封じの手錠。どのみちこの消耗具合では、手錠がなくとも力を発動することはできないだろうが。

「約束どおり太陽《ヒュドラ》の王女を預けるわ」

「協力には感謝する」

帝国軍の隊長が、本部テントを顎で指し示した。

「医療班が待っている。ニュートン室長もだが、そちらも手当てが必要だろう」

「かすり傷よ。……念のため。最初に約束したとおりミゼルヒビィは重要参考人の扱いよ。拷問や手荒な真似《まね》はしないでちょうだい」

作戦隊長にそう伝え、アリスは倉庫のまわりを見回した。

燐《リン》もイスカの姿もない。

先ほど通信機で聞いたかぎりでは、避難用シェルターからの救助にまだもう少し時間がかかるらしい。

「キッシング、あの作戦本部に戻るのと、芝生《ここ》で燐たちを待つのはどちらがいい？」

「ここで待ちます」

そよ風に黒髪をなびかせる、王女。

「イスカが既に帰っているならまだしも、帝国兵だらけのテントで待っているのは気分が良くありません」

「……そういうことね」

そよ風が傷口に染《し》みる。

頰のかすり傷、手の火傷《やけど》、細かい傷を合わせれば両手の指でも足りないだろうが、その傷一つ一つが、今になってズキズキと痛みだす。

……恨みきれないわ。

……ミゼルヒビィがここを襲った動機が、お姉さまに勝ちたかったからだったなんて。

姉《イリーティア》を止められなかった。

それはアリスにとって目を背けられない後悔だ。

「アリスリーゼ」

キッシングが芝生の奥を指さしたのは、その時だった。

「帝国兵が奇妙な動きをしています」

「え？」

「あのトラックは何でしょう。この施設の物ではないようですが」

芝生の奥にぽつんと放置された大型トラック。

敷地《しきち》に置いてあるなら施設の資材運搬用にも思えるが。

「あれはコンテナかしら？」

トラック後方のリヤドアを開け、そこに乗りこんだ兵士たちが数人がかりで金属製のコンテナを外に運び出している。

「……何かしらあの大きなコンテナ」

「お待ちを」

キッシングが目を細めた。

「あの中身が変です」

「え？」

「恐ろしく嫌な気分です。帝国兵一万人に囲まれるより気持ちの悪い気配……」

ベキッ。ミシッ……と。

帝国兵の眼前で、金属製のコンテナが内側から拉《ひしゃ》げていく。凹《へこ》んで生まれた隙間から、どす黒い気流が噴きだした。

「なっ⁉」

「煙ではありません。何らかのエネルギーです！」

キッシングが反射的に後ずさる。

それに呼応するがごとく、コンテナの内側から手が生えた。頑丈な金属製の壁面を突き破り、紙を引きちぎるように割り砕いていく。

「あなたたち！」

コンテナを取り囲む帝国兵へ、アリスはからからに渇いた喉で声を振り絞った。

帝国兵を助ける義理はない。

にもかかわらず――

「全員、下がりなさい！　ここはわたしが引き受けるから！」

アリスにそう叫ばせたのは本能だ。このコンテナにいるのは、皇庁や帝国という概念を超越した「敵」であると。

「警告！」

「中から何か出てくる！　総員、構えろ！」

銃を構える帝国兵。

アリスとキッシングが固唾《かたず》を呑《の》んで見つめるなか――

「やあアリス君。それにキッシング君も久しいね」

白スーツを着こなした金髪の偉丈夫が、コンテナの隙間から這《は》い上《あ》がってきた。

ヒュドラ当主タリスマン。

見慣れたはずの微笑と、朗らかな声。

ただし顔の左半分が黒い筋繊維に覆われ、目が二倍ほどに肥大化した姿でだ。

「ひっ⁉」

キッシングが悲鳴を上げる。

そのおぞましき変貌の形相、そして全身に立ち上るイリーティアと似た黒い気流《エネルギー》に、アリス同様、全てを悟ったに違いない。

「タリスマン卿《きょう》。まさかあなたは……」

「私は『至った』のだよ。さあ」

ギョロギョロと。別の生き物のごとく動く肥大化の眼《め》をぎらつかせながら。

「良い子だね。その小瓶《アンプル》を渡しなさい」

そしてアリスは——
真の魔女イリーティアならぬ。
真の魔人を目撃した。

Chapter.5 『光輝よ、この世でもっとも気高き力よ』

1

帝都にて最も古く、そして最もヒトの気配のない塔《ビル》――

天守府、第三塔《ビル》。

……ぽた、ぱたっと。

廊下に鮮血が滴《したた》り落《お》ちていく。銃弾で撃たれた肩と太ももの激痛で、幾度も意識を失いかけながら。

「……なんで……よ……」

帝国軍の元隊長シャノロッテは、歯を食いしばり、足を引きずって歩き続けていた。

塔《ビル》内の現在地もわからない。

天帝と刺し違える覚悟でここまで侵入してきたのに、このザマだ。

「ミスミスばかり……部下にも上司にも恵まれて……なんで私ばっかり、こんな一人でやらなきゃいけないのよ……！」

「ノロちゃん！」

すぐ背後から足音。

この甘ったるい声に虫唾《むしず》が走る。世界で一番嫌いな声——

「……なぁにぃミスミスちゃん」

ふらつきながら半回転。

そこには案の定、左肩に星紋を浮かべた女隊長が立っていた。その後ろには銃を構えた銀髪の部下もいる。

「ふぅん。鬼ごっこ、もう見つかっちゃったのね。ま、仕方ないか」

床に撒《ま》き散《ち》らしたド派手な血痕。

自分の逃げ先など子供でも追える。無論そんなことはわかっていた。切り札のつもりで強化した星霊術も、ミスミスの星霊によって封殺される。

詰《チェックメイト》みだと。

「……ノロちゃん」

「その呼び方が気に食わないって言ってんのよ！」

撃たれた右手は動かない。

左肩を背に回し、ベルトに取り付けたナイフを引き抜いた。

「やめとけ」

銃を構える銀髪の青年。

「そのナイフを振り上げた瞬間に肩を撃つ。一歩でも近づいたら足を撃つ」

「………………」

「そんなナイフ一本じゃ場を変えられやしねぇよ」

「……変える？　あ……はは、あはははははっっ！」

歯を剝《む》き出《だ》しにして笑い飛ばす。

笑う度に傷口が開く。その痛みさえ、もはや心地よかった。

「変えないわよ。私は終わらせるだけ。こうやって」

ナイフを逆手に握り替える。

その瞬間、ミスミスとその部下も気づいただろう。

「だめっ！」

「おい待──」

シャノロッテは止まらない。

刃の先端を自らの胸元にあて、そのまま力を込め──

『おめでとう』

なんとも暢気《のんき》な声が聞こえたのはその時だった。

サクッ、サクッと。

人間の靴音では絶対ありえない足音が背後から聞こえてくる。

『よくここまで来たものだ。とはいえ掃除が面倒だからね。メルンの屋敷《やしき》を、お前の血で汚されてしまっては困る』

「……え？」

『なんだ、メルンの姿を見るのは初めてかい？』

銀色の毛皮をした獣人。

おとぎ話にしか存在しないはずの怪物が、ゆらゆらと尻尾を振って二足歩行で近づいてきたではないか。

『メルンの首を狙ってきたんだろ。てっきり下調べもできてると思ったよ』

「っ！」

シャノロッテは本能的に察した。

この狐《きつね》のような獣こそ、ネビュリス皇庁にとっての大敵《アークエネミー》であると。

「……お前が！」

振り向きざまにナイフを投げる。

その刃が、天帝の額に突き刺さる寸前で「ぽよん」と弾《はじ》かれる。ぶ厚い毛皮のせいか、それとも見えざる力なのか。どうでもいい。

「お前が天帝ですって！」

空になった手で、シャノロッテは獣人の首を締め上げた。

あまりに軽い肉体。

首を摑《つか》んで全身を持ち上げる。が——首の骨を粉々にするつもりで締めつけているのに、銀色の獣人はまるで苦しむ気配がない。

おそらくは……。

ミスミスやその部下が動かないのも、天帝がこうも平然としているからだろう。

『ああ悪いね。メルンが人間だった時なら苦しんでただろうに』

「……ぐっ！　だったら——」

『で？』

首を絞められたまま、銀色の獣人が見下ろしてくる。

『メルンを殺すつもりで来た。だがここは帝国だよ。その後お前は逃げられるとでも？』

「逃げ帰るつもりはないわ！」

自分《シャノロッテ》が生まれたときから帝国は敵だった。

自分が今日この時まで生きてきたのは、このためだ。

「天帝ユンメルンゲンと道連れだなんて、最高の死勲章じゃない！」

『お前に居場所を与えてやろうというのに？』

「……は？　私を懐柔でもしようっていうの？」

『ご覧よ』

天帝ユンメルンゲンが、両手を広げてみせた。

首を絞められ窒息寸前のはずなのに、シャノロッテを見下ろすまなざしはそんな苦痛を一切湛《たた》えていない。

『お前が基地の電気系統を破壊してくれたおかげで、帝国軍は大慌てだ。帝国に一泡吹かせるという意味で、お前はもう大願を果たしているんだよ』

「…………」

『もう一つ。お前は星霊使いであることに誇りを持っているかい？』

「言うまでもないわ」

『ならば本能的に感じなかったかい？　自分と同じ力を』

するり、と。

シャノロッテの手から滑り落ちるように抜けだした天帝が、音もなく床に着地した。

『メルンをご覧。お前以上に星霊に近い存在なんだよ。仲間じゃないか』

「ふざけ――――っっっ痛っっ！」

全力で拳を振り下ろそうとして、肩と太股《ふともも》の痛みがそれを遮った。

……ぽたっ。

霞《かす》む視界のなか、足下に赤い滴がしたたり落ちていく。気力の限界か、血を失ったことで意識が朦朧《もうろう》としているせいか。

シャノロッテは、唇を噛《か》みしめたまま膝からくずおれた。

「――――」

い、いい。

もういい。

刺し違えることさえできない。

そう理解してしまった途端、自分の中の執念がプツリと千切れた。身体《からだ》を動かす原動力《いかり》が尽き、全身に痛みだけが疼《うず》き始める。

「………お前……」

『メルンに言ってるのかい？』

「…………仲間だっていうなら……星霊に近いっていうなら……なんでアンタが天帝なのよ。なんで皇庁の味方をしないのよ…………」

『余にしかできないことがある』

……？

いま余と言ったのか。自らをメルンと呼称することを奇妙に感じてはいたが……

だがそれ以上に気になることが。

「……はっ。アンタに何ができるっていうの」

『そうだねぇ』

天帝ユンメルンゲンが顔を上げた。

シャノロッテの後方で一部始終を見つめていたミスミスと、その部下である狙撃手に、妙に慣れた仕草でウィンクしてみせて。

『休戦という和平交渉。ああそう言えば、どこかの誰かがそんなことを願っていたような気がするね』

その瞬間──

ミスミスが「あっ!?」と叫び、その部下が「……なるほどな」と呟《つぶや》いたことも、シャノロッテは確かに聞いていた。

和平交渉?

何だそれは。まさか……まさか……帝国と皇庁の戦争を……。

『そのカードを唯一切ることができるのが、余、天帝ユンメルンゲンなのだから』

「嫌よっっっっっ!」

理性ではなかった。

ただただ発作的に、衝動的に、シャノロッテは首を横に振っていた。

「私が……今さらそんな言葉で変われるわけないじゃない! 手遅れなのよ! どんだけ帝国を恨んで生きてきたと思っているの!」

『力での屈服を望むかい?』

「…………………」

『なら気が済むまでやるといい。一騎打ちだ』

「え?」

一騎打ち。それは天帝と?

見上げるシャノロッテの前で、銀色の獣人が、いたずらっぽくニヤリと笑んだ。

『おいでミスミス』

「……は、はいぃぃ⁉」

『早くおいで。あまり時間をかけるとコイツが失血で倒れてしまうからね』

目を見開いて驚くミスミスだが、それはシャノロッテの心境だ。

一騎打ち？

ミスミスと？　いったいなぜ。

『二人で取っ組み合いをしよう。銃も星霊術もなし。いいかミスミス、シャノロッテが望んだ「終わらせ方」だ。受けてやりな』

天帝が両手を広げて。

『コレが最後。すべての恨みと怒りをここに置いていきな』

何を言っているのだ。

それがシャノロッテの素直極まりない心境だ。

なぜ自分が従わなくてはならない。そもそもミスミス如《ごと》きが自分に勝てるわけがない。

こんな小柄で、頭がお花畑で能天気な女に――

「ジン君」

後方で。

ミスミスが、しゅるりと首元のリボンタイを投げ捨てた。

「アタシのリボンと銃持ってて。手出し無用だよ」

「は？　アンタなに言っ――」

「ハロちゃんのバカ！」

心の準備などできていなかった。

天帝に従うつもりなど毛頭なく、何より、まさかミスミスが正面から自分に挑んでくるなんて思いもしなかった。

だから。

「この石頭！」

「……がっ⁉」

気づいた時には、シャノロッテは鼻っ柱を殴られて悲鳴を上げていた。

脳天を突きさすような痛みに、一瞬目の前が真っ白に。

「アタシが！」

さらにもう一撃。

今度は左の頰をはたかれて、視界が大きく右にブレた。その揺れる視界の奥で、世界で一番嫌いなはずの女隊長が、なぜか目元を真っ赤に腫らしていた。

「アタシが、どれだけノロちゃんと話したかったかも知らないで！」

「────っ」

「アタシのこと見下したっていいよ。バカにしたっていいよ。でも、せめて話を聞いてよ。ノロちゃんは強いんだからそれくらいできるでしょ！」

ミスミスがさらに拳を振り上げて。

「ノロちゃ────」

「ふざけんじゃないわよ！」

シャノロッテの左拳が、ミスミスの額を撃ち抜いた。

吹き飛ぶミスミスが……だが倒れない。仰向けに倒れかけたところで、壁に手をついて必死に耐えたのだ。

「……むかつくのよアンタは」

したたり落ちる汗をぬぐう余裕もなく、シャノロッテは大きく息を吐き出した。

「昔からそうだったわ。私がちょーっと優しくしてあげたら子犬みたいに懐《なつ》いちゃって。

ほんとバカじゃない。欺《だま》されてるのも知らないで」

「欺されたっていいじゃない！」

「っ」

「アタシは、それでもノロちゃんを恨みきれないんだから！」

「それがバカだって言ってんのよ！」

拳を振りかぶる。

今度は同時だった。ミスミスとシャノロッテ双方が、互いの拳を頬に受けて、どちらも悲鳴を上げて後ずさる。

呼吸が苦しい。

体力も限界で、銃弾の傷も疼いているのに。

「帝国人と皇庁人は仲良くなんかなれないの！　そもそもアンタ何？　そんなに私と友達でいたいの？　友達ほかにいないわけ？」

「いるよ！」

「じゃあ私なんか放《ほ》っときなさいよ！」

撃たれた太股ではもう踏ん張れない。

拳を握るのも限界だ。出血のせいで目眩《めまい》がするし寒気もひどい。ろくに拳を握ることさえできやしない。

それでも――

「私が、アンタごときに負けるわけないでしょう！　非力なアンタのパンチなんか痛くも何ともないのよ。このチビ！」

「ノロちゃんのパンチは痛いよ！」

「っ⁉」

「……本当だよ。ノロちゃんは……凄《すご》いよ……」

すぐ目の前で。

拳を振り下ろせばすぐにでも殴りつけられる距離で。

ミスミスは、弱々しく笑っていた。

「そんな傷を抱えて、どうしてそんなに立ってられるの？……アタシには真似《まね》できない。勝てっこないって思うんだよ……」

「…………」

「アタシより身体も大きくて、努力家で、器用で、繊細で、頭も良くて――」

「…………」

「だからいいじゃん！……アタシの話くらい聞いてよ、この石頭！」

「……ぐっ⁉」

また殴られた。

「……このっ。汚いわよ！　話を聞いてって言っておきながら殴ってきて！」

殴り返す。

よろめくミスミスが、歯を食いしばって拳を振り上げる。

殴って、殴り返して。

叫んで、叫び返して。

何度も。

何度も何度も何度も何度も何度も何度も何度も何度も――

バカげている。

なぜ自分は、こんなバカバカしい真似に本気で付き合っているのだ。

そこに天帝がいるのに。最大の怨敵が目の前に立っているのに、なぜ自分は、体力気力が尽きるまで元同僚と殴り合っているのだろう。

「――――」

やがて、限界が訪れた。

「………………ほんとバカ」

「ノロちゃん？」

「……そのバカに付き合う私も、ほんとバカ」

肺に残ったすべての息を吐き出して、汗で張りついた前髪をさっと掻《か》き上《あ》げて。

シャノロッテは、大の字の姿勢で後ろ向きに倒れていった。


「……あーあ。ミスミスちゃんに負けちゃった」

指一本動かない。

正真正銘、力を使い果たした。

「私の負け。敗者は素直に従うわ」

「……ノロちゃん？」

ぽかんと口を半開きにするミスミスを見上げて。

シャノロッテは、目を閉じた。

「ミスミスちゃんは本当におバカ。私みたいな裏切り者を気に掛けて……そんな甘ちゃん
だから……甘ちゃんだから――」

だから彼女のもとには集まるのだろう。

優秀な部下たちが。

使徒聖の璃洒《リシャ》のような、上司が。

春の訪れが多くの生き物を呼び覚ますように、彼女は多くの者を引き寄せる。

「……つい集まっちゃうんだよね。ミスミスちゃんは春風だから」

2

『太陽がすべてを照らすのさ』

地平線が紅《あか》く染まっていく。

肌が凍りつくような極寒の夜を紅く染め、間もなく太陽が世界を照らすだろう。そんな夜と朝の境界線──

『ご覧よアリス君、キッシング君！』

純白のコートをはためかせ、「その男」は朗らかに謳《うた》い上げた。

『新たな知の時代は、間もなくだ！』

「っ、氷よ！」

迫る声。迫る気配。

その尋常ならざる重圧に汗が噴きだしながらも、アリスは右手を突きだした。

「壁————っ⁉」

弾《はじ》けた。

アリスの眼前で、アリスの星霊が生みだした氷の壁が、跡形もなく弾け飛ぶ。

その男の、拳一発で。

帝国軍の機関銃の一斉射撃、戦車の主砲にも耐えるはずの壁が。

「……嘘《うそ》でしょう⁉」

『恐れることはないよアリス君』

吹き飛んだ氷の破片の向こう。

ゾッとするほどに肥大化した目で微笑《ほほえ》まれ、吐き気にも似た怖気《おぞけ》が走った。

『これぞ新たな知のかたち』

丸太のように肥大化した両腕。

あの優雅に着こなしていた白スーツが、肥大化した腕によってパンパンに膨れあがり、耳障《みみざわ》りな音を上げて裂けていく。

極めつけはスーツの胸元から突きでた、赤黒く輝く結晶だ。

ドクンドクンと心臓のように脈打っているが、あんなものが人間の臓器であるはずがない。これが——

あの燦然《さんぜん》と輝いていた太陽の当主だというのか。

「タリスマン卿《きょう》！　あなたは……自らコレを望んだのですか⁉」

『ふむ。可笑《おか》しなことを聞くねアリス君』

首を極端に傾けた異様な姿で、タリスマンだった男が愉快そうに笑んでみせる。

『望む望まないの話ではない。これが星の意思なのだよ』

「……壁よ、押しつぶせ！」

真っ白に凍りついた芝生。

タリスマンの足下から氷の蔓《つる》が飛びだすや、その足首に絡《から》みついて拘束。さらに左右からは巨大な氷壁が、タリスマンを押しつぶすように迫っていく。

『さあ！』

歓喜の咆吼《ほうこう》。

アリスの肉眼では視認さえできなかった。タリスマンの両腕が一瞬掻き消えて……そう思った直後に、高さ三メートルはある巨大氷壁が粉々に粉砕されたのだ。

殴り壊されたた？

そんな馬鹿な。鋼鉄よりも硬い氷の結晶が、まるでプリンのごとく貫かれた。

……氷花の盾？

……だめ、生成する時間がないっ⁉

間に合わない。止められない。

『アリス君、私が新たな世界に招待しよう』

「────『星』となれ」

夜空に生まれる何千何万の棘《とげ》。

アリスの後方で、両手を広げるキッシングの頭上から無数の棘が撃ち放たれた。

流星。

凄《すさ》まじい密度で降りそそぐ星霊の棘が、突き刺さった物すべてを分解していく。芝生も、金属コンテナも、大型トラックさえ溶けるように消失していく。

『雅《みやび》だねキッシング君』

「……なっ⁉」

『欠けた月こそ美しい。仮面卿を失ったゾア家はもう満月とは言いがたい。それでも君は、夜空に煌《きら》めく三日月のごとく輝いている。そして……ああなんと、なんと激しく攻撃的な星霊だ！』

降りそそぐ棘の流星のなか──

純白のコートをはためかせ、タリスマンが恐ろしい速度で走りだしたのだ。落ちてくる棘など見向きもせず、全方位の棘をすり抜けるように躱《かわ》していく。

当たらない。

『これが君の棘。触れるものを消滅させる……なるほど、他者との触れあいを恐れる君の原風景というわけか。可憐《かれん》じゃないか』

「……っ！」

キッシングが息を呑《の》む。

気づいてしまった。タリスマンが無傷なのではない。彼が羽織る白スーツにさえ棘一本刺さっていない異常な光景に、背筋が凍りつく。

完全に弄ばれている。

「……怪物！」

『怪物？　ああ、ヒトは理解を超えた者の呼称を二つしか持ち合わせないからね。「天才」と「怪物」だ。私は前者より好きだよ』

キッシングの目の前に立つタリスマン。

丸太よりも太く肥大化した腕をゆっくりと持ち上げ、拳を作っていく。

『君にも教えてあげよう。私が達した知の究極を！』

「…………あ…………あ……」

月の王女は動けない。

こちらを愉《たの》しげに見下ろす怪物を間近で見上げてしまったがゆえに、見てしまったのだ。

当主タリスマン——

その全身に根差し、蝕《むしば》んでいる災厄のどす黒い力を。

「…………魔人……」

かつてキッシングは、真の魔女イリーティアに心から恐怖した。

これは同類だ。

災厄の力が生みだした怪物。アリスの氷で凍《い》てつかせることができず、キッシングの棘一本さえ触れることを許さぬ最強の戦闘狂。

真の魔人タリスマン。

「だめキッシング、逃げて！」

『これが私の——』

アリスの悲鳴と。魔人の歓喜と。そして。

「見違えたぞタリスマン」

黒の剣閃《けんせん》が、走った。

「もちろん悪い意味でだ」

『っ！』

魔人が跳《と》び退《の》いた。

アリスの氷もキッシングの棘も一笑に付していた魔人が、星剣を前にした途端、ビクッと全身を戦《おのの》かせたのだ。

「イスカ！」

「来るのが遅いと抗議します。あの怪物に嬲《なぶ》られるところでした」

「悪かった」

王女二人に振り返る余裕はない。

イスカとて一秒たりとも目を離せない。のらりくらりと巧みな話術で相手の集中力を散らし、有無を言わさず「波動」で強襲する。それが──

〝『暴虐』のタリスマン。私からしたら本意と遠い俗称なのだがね〟

『やあ。健勝だったかね、夢想家《ロマンチスト》』

真っ赤に見開かれた左目——

紳士的に微笑む右目——

世にも奇怪な左右非対称の顔を持つ男が、挨拶代わりに右手を上げた。

『ここは帝国だ。君がいることも不思議ではない。そして会えて嬉《うれ》しいよ。君が手にした星剣の価値、今ならそれが良くわかる』

「…………」

『星霊エネルギーの超結晶。いや究極結晶と言っても過言ではない。その剣を見ているだけで、私の肉体に宿る災厄が怯《おび》えだす。いったいどれだけの星霊エネルギーが込められているんだろう』

「……タリスマン」

異形と化した男を睨《にら》みつけ、イスカは奥歯を噛《か》みしめた。

「僕に向かって言ったことを覚えているか」

『んん？』

「僕らは似ていると言ったんだ。お前は！」

〝極致《ここ》にいたるには狂気がいる〟

〝君と私は同じだ。強さを極めんとする修羅なのだよ〟

虚飾だらけの言葉の中で——

あの言葉だけは信念を感じずにはいられなかった。

「お前の……波動の物理的転換は、術設計に六年！　習得にさらに八年。実践に達するまでさらに十三年！　ざっと三十年近くを費やした！」

『そうとも。私は不器用だからね』

「簡単に捨てて良いものじゃなかったはずだ！」

修羅の三十年間。

それが人に褒められぬ闇の時間だったとしても、その努力の先に、星霊術を極めようとした求道者《タリスマン》の姿をイスカは見た。

悔しい、とさえ思う。

なぜその力を選んでしまったのか。

「死に物狂いで積み上げた三十年の意地《つよさ》より、そんな歪《いびつ》で破滅の強さを選ぶのか！」

『人類の歴史は、エネルギーの歴史だよ』

ボッ。

空気が破裂した。

イスカの眼前。息づかいが聞こえるほどの至近距離で、魔人が拳を振り上げた。

……速い⁉

……いや速いどころか、もはや人間の脚力じゃないぞ！

瞬間移動とほぼ同義。

もっとも恐るべきは魔天使《ケルヴィナ》の光転移《リープ》のような「術」ではなく、物理的に「地面を蹴っただけ」という点だ。

種も仕掛けもないからこそ、対策の打ちようがない。

『火の時代から石炭の時代へ』

打ち下ろされる右拳。

全力で後退したイスカの前髪を掠《かす》めた拳が、大地に大穴を穿《うが》つ。

『石炭から電気へ』

真横に薙《な》ぎ払《はら》う左拳。

さらに後退したイスカの腹部を掠めていった瞬間、イスカの腹部から肺にかけてを猛烈な衝撃が通過した。

「……ぐっ⁉」

拳の風圧?

……完璧に避けても足りない!

……この拳、風圧だけで人間が跡形もなくグシャグシャになるってのか。

超音速衝撃《ソニックブーム》。

大気中を音速以上で移動した時にのみ生ずる、異例の衝撃波と爆発音。

『電気から星霊へ』

振り上げられる右拳。

『そして星霊から、災、厄、へ、』

対し、イスカは星剣を摑《つか》んだまま独楽《コマ》のように身を捻《ひね》った。被弾すれば首から上が飛ぶ暴虐の拳を、数ミリの差で躱《かわ》す。

が。

続けざまにやってきた殺人的な超音速衝撃《ソニックブーム》を浴び、意識が一瞬刈り取られる。

「……………………っ」

「イスカ!?」

アリス、キッシングの悲鳴。

声は聞こえる。だが脳を揺さぶられ、視界と意識が混濁したなかでイスカが見たのは、悠然とこちらを見下ろす魔人の姿だった。

アリスが放った氷の矢を、片手で受けとめ——

キッシングが放った棘《とげ》を、握り摑んだアリスの氷をぶつけて相殺《そうさい》。

王女二人がかりの攻撃をまさしく「片手間」扱いする怪物が、その肥大化した目でもって見下ろしていた。

『より強いエネルギーに人類は魅せられてきた。私はね、この星の神秘に近づいたのだ。イリーティア君には感謝しかない。あとわずか……あともう一歩で、私は究極の知にまで到達できることだろう』

「…………とんだ……思い違い……だ」

まだ身体《からだ》が動かない。

超音速衝撃《ソニックブーム》を浴びた痛みで、全身がバラバラになりそうな激痛を訴えてくる。

『君にも私と同じ世界を見せてあげよう』

振り下ろされる拳。

アリスの氷もキッシングの棘も通じない。イスカの星剣も間に合わない。

その拳が、止まった。

「…………え？」

アリスが瞬《まばた》き。

隣のキッシングも何が起きたかわからず見つめてくるが、当のイスカも同じ心境だ。

自分《イスカ》は何もやっていない。

『おっと。これは失敬』

ボトッ……と。

凍りついた芝生の上に、タリスマンの左腕が落下した。さらにボトッ、と。残る右腕も、みるみると白く枯死していくではないか。

肉体が崩れつつある。

少なくともイスカの目にはそう見えた。

『ふむ。まあ予想どおりだ』

ただ一人、タリスマン自身が地に落ちた腕を平然と見下ろしている。

ボコンとその肩が隆起し、新たな腕として再生——だがその腕は、落下した左腕以上に歪に捻《ねじ》れたものだった。

『災厄の力を抽出した原液は、あのイリーティア君さえ耐えられなかった代物だ。私とて適合できないのは想定の範疇《はんちゅう》。実に興味深い。ではさらに原液を注入したら？　肉体がますます崩れるか、それとも進化が促進さ――』

「タリスマン卿《きょう》！」

星の王女が、張り裂けそうな感情を剝《む》き出《だ》しに叫んだのは、その時だった。

「もうやめて！　そんな姿は……あなたの理想ではないはずです！」

＝＝＝

アリスリーゼ・ルゥ・ネビュリス９世は――

悩んでいた。

従者の燐《リン》に打ち明けてからも、常に悩み続けてきた。


〝災厄は倒さなくちゃいけないわ。だけど倒すにあたって覚悟しなくちゃいけないことがあるの。何だと思う？〟

〝人間側《われわれ》の犠牲ですか〟

〝それもあるわ。でも、今わたしが悩んでたのは――――皇庁が消滅する〟

災厄を倒した未来で、ネビュリス皇庁は必衰する。

すべての星霊が星の中枢へと還《かえ》っていくことで、星霊使いの肉体からも星霊が出ていってしまうからだ。

どちらを選んでも不幸《バッドエンド》。

——災厄を倒さなければ星が滅びる。

——災厄を倒せば皇庁が滅びる。

むろん前者は選べない。自分《アリス》もわかっているが、それでも迷いなく後者を選べる星霊使いがいるだろうか。

あまりに残酷すぎる二択しかない——と。

今この瞬間まで悩んでいた。

「タリスマン卿！」

怪物と化した太陽の当主へ、アリスは声が擦《かす》れるほどに強く叫んだ。

「わたしは災厄を倒します！　わたしが悩んで悩んでも出せなかった答えは、あなたにあったのです！」

『ほう？』

魔人は振り返らない。

あくまでイスカと向き合ったままで、問いかけてきた。

『その心は？』

「わたしは、災厄を倒す代償を恐れていた……でも違う。災厄を倒さねば世界が変わってしまうのです！　あなたのように！」

異形と化した肉体。

その肉体さえも崩壊していく。その何とおぞましき光景だろう。

だが、それ以上に——

真《まこと》に耐えがたきは、タリスマンの変わり果てた精神だ。

「本来の卿なら、そんな災厄の力も、変貌した自分も良しとはしなかったはずです。今のあなたは心も災厄に呑《の》まれかけている！」

肉体も。心も。

災厄と一つになろうとしている。

「卿らしくない。いいえ、人間らしくないのです！」

迷いは晴れた。

そんなものはご免だと。

たとえ星霊を失っても……自分は自分のままで残る。そう在りたいのだ。

〝災厄を倒してさ。たとえばアリスが星霊使いじゃなくなるとして。それが何日先なのか、何十年先なのか誰もわからない。僕はそこに興味がない〟

〝星霊がなくたってアリスはアリスじゃないか〟

彼がそう言ってくれるなら――

もうわたしは、星霊を失う未来を恐れない。

「今の卿を見たくないのです。わたし、人間として生きることが大切だと信じます！　そのためにも災厄は――」

『哲人《フィロソファー》だね、アリス君』

風が吹いた。

否、風のようで風とは似て非なる「波」が。

『人間とは何か。どうあるべきか？　答えよう。答えはここにあるのだよ』

超音速衝撃《ソニックブーム》。

タリスマンの拳が宙を薙ぐ。その一振りだけで、イスカ、アリス、キッシングの身体が木の葉のように舞い上がった。

『私が真理《こたえ》だ。アリス君、君にもそれが見えているはず』

「……いい……え！」

地に激しく叩《たた》きつけられる。

背中からの激突で息が一瞬止まり、意識が暗転しかけても——

「……わたしの見る未来《こたえ》はあなたではありません！」

氷よ。

激しく咳《せ》きこみながらも、アリスは己の星霊に命じていた。

自分を守る盾はいらない。

氷の盾は——

彼《イスカ》一人のためにあればいい。

「卿の暴虐を止めねばならないのです！」

『知は力なり。我が真理である以上、私が最強なのさ』

イスカの前にそびえたつ氷塊が、あまりにも無残に殴り壊される。

わかっている。自分の氷が一秒の時間稼ぎにもならない。それでもいいのだ。吹き飛ばされた彼《イスカ》が起き上がり、剣を構える間さえ稼げるのなら——

『アリス君、潔《いさぎよ》く退くのも王女の嗜《たしな》みだ』

「黙れ！」

歯を剝き出しに、吼《ほ》えた。

何が王女の嗜みだ。

「わたしは足掻《あが》くしかないの。ここであなたを止めるために！」

『では――』


「叔父さまもうやめて！」


当主の言葉を遮って。

アリスのさらなる後方から、張りつめた声がこだました。

「……あなた……？」

振り返った先でアリスは見た。

手錠に拘束されたままの、瑠璃色の髪の少女。

太陽の王女ミゼルヒビィは……目を腫らし、顔をくしゃくしゃにして泣いていた。

ミゼルヒビィ・ヒュドラ・ネビュリス9世は――

ずっと悩んでいた。

この帝国を訪れてからも常に違和感に苛《さいな》まれていた。自分をここまで衝《つ》き動かしてきた感情は「憤怒《ふんぬ》」。

それは確かだ。けれど――

自分が一番怒っている相手は、誰だ？

直接のキッカケはイリーティアへの復讐《ふくしゅう》心だが、本を正せば、当主が変貌したのは災厄のせいである。

ならば正しい怒りの矛先は、災厄か？

…………

…………本当に？

これこそが違和感だ。

イリーティアでも災厄でも間違っていないはずなのに、心の内に、ヘドロじみた苦い味が溜《た》まっていくのが止まらない。

真に許せないのは誰だ？

そんなの災厄かイリーティアしかありえない――と。

今この瞬間まで悩んでいた。

「叔父さま！」

この世で誰より敬愛する当主へ、ミゼルヒビィは嗚咽《おえつ》まじりに叫んだ。

ようやくわかった。

これは懺悔《ざんげ》だ。

「私は、恐怖に怯える私自身を許せなかったのです！」

魔女《イリーティア》に恐怖した。

怖くて怖くて仕方なかった。だから同じ災厄の力を以《もっ》て対抗しようとし――そんな自分の心の弱さに怒りを感じていたのだ。

ようやく気づいた。

変貌した当主の姿に、何もかもを思い知らされた。

自分は魔女《イリーティア》に打《う》ち克《か》つ力が欲しい。

その感情は今も変わらない。

だがそれは「もっとも強い力」ではなく、「もっとも気高き力」であるべきなのだ。

「叔父さま！」

三度、呼んだ。

だが当主は背を向け、イスカとの戦闘に興じるばかり。

その背中へ――

「そんな借り物の力がなくても叔父さまは誰より強い！　イリーティアに怯えた私を庇《かば》い、立ち向かっていった。私はその姿に輝ける意思を見たのです！」


〝今の君はまさしく狂科学者《ケルヴィナ》が恐れていた存在だ。すべての人間が君に恐怖する〟


だが叔父は恐れなかった。

いや、あるいは心の底で恐れていたのかもしれないが、それでも立ち向かっていき……

あの魔女を逃亡させるに至ったではないか。

……思いだした。

……私はそんな姿に憧れたんだ。

魔女に立ち向かった男に、自分《ミゼルヒビィ》は、真の光輝を見た。

太陽のごとく気高い意思を。


光輝とは、人間の勇気の有り様だと教えてもらった――


だから自分は、こう呼びかけよう。

「目を覚ましなさい、我が当主！」

光が、差した。

夜明け前の闇が吹き飛んで――

ミゼルヒビィの全身から噴き上がる「光輝」の星霊光が、満ちていく。

「あなたは太陽の当主。そして太陽は、もっとも気高くなければいけないのです！」

血が噴きだすほどに強く、唇を噛《か》みしめる。

ぼろぼろに消耗しきった肉体で。

「…………」

今にも倒れそうなほど前のめりになりながら、ミゼルヒビィは足を前に踏みだした。

両腕を精一杯、前へと伸ばす。

こちらに振り返った二人の王女へ。

「…………覚えて……おきな……さ……」

星の王女アリスリーゼ。

月の王女キッシング。

二人に向かって前のめりに倒れながら両手を伸ばし、その肩に確かに触れた。

「……星と月は惑星《あんたたち》……太陽がいてこそ輝けるのよ……」

光輝《ひかりあれ》。

全ての力を使い果たし――

太陽の王女は、その場で倒れるように膝をついた。

その全てに――

背を向けていた魔人タリスマンは気づかなかった。知ろうともしなかった。

興味がない。

この場で得るべき「知」は、使徒聖イスカが持っている星剣ただ一つ。

『災厄は、星霊より遥《はる》かに巨大な力だ。しかしその剣だけは例外だと、あのイリーティア君が恐れていたよ』

「イリーティアが？　お前もだろう！」

イスカが口元の血を拭う。

魔人《タリスマン》の拳は、単純極まりない極限の物理エネルギー。

星剣さえ「物理的」に破壊されかねない。だから受けられず、かといって紙一重で避けても後続の超音速衝撃《ソニックブーム》に全身をズタズタに撃ち抜かれる。

星剣の天敵に等しい。

誰もが感じていただろう。ただし、それがイスカ一人だけならば――

『夢想家《ロマンチスト》な使徒聖』

魔人が拳を振りかぶる。

戦闘限界を超えて自壊しつつある腕に、生命限界を超えた力を込めて。

『これで――』

「大気よ凍れ！」

真っ青に輝く氷の壁が、イスカを守る盾として顕現した……が。
それが何になる？
魔人《タリスマン》の拳に壊せぬ物はない。鋼鉄だろうと金剛石《ダイヤモンド》だろうと星霊の氷だろうと――
ギチッ。

全てを破壊するはずの拳が、止まった。

「何っ⁉」
アリスの氷の盾が、魔人《タリスマン》の拳を受けとめたのだ。
もともと鋼鉄よりも硬いアリスの氷結晶が、さらに桁違いに硬度を増していた。
なぜ？
この拳で砕けない？
そして何だ、この青き氷を覆っている眩《まぶ》しき輝きは！
――太陽の輝き。
――この世でもっとも気高き力が、アリスの星霊術に宿っていた。
光輝の力は、星霊使いを純血種並に強化する。

だからこそ。

純血種を強化することで、その力は純血種の領域を超え、真の魔人にも届きうる。

『だが——……ッッッ⁉』

「やっと当たってくれました」

さくっ、と何かが突き刺さる。

魔人《タリスマン》の胸から突きでた赤黒い結晶に、月の王女キッシングの棘《とげ》が突き刺さった。

強化された棘。

速度も威力も範囲も段違いに強まった棘が、魔人《タリスマン》がその棘をへし折ろうとする挙動より早く、胸の核をズタズタに分解していく。

『——————っ！』

声にならない絶叫。

痛みの概念など超越したはずの肉体に、激痛が。

『……キッシ——————』

「もう倒れてくれ」

剣閃《けんせん》。

すり抜けざまのイスカの星剣が、災厄の根源たる胸の核を斬り裂いた。

「それが王女の願いじゃないか」

『…………………………………………………………………………』

……………………』

地平線を、太陽が昇っていく。

力の根源を失った魔人は、太陽を背に、虚《うつ》ろなまなざしで立ち尽くしていた。

その視線の先に――

「……叔父さま」

嗚咽を漏らす太陽の王女。

地面に膝をついたまま、四《よ》つん這《ば》いの格好で当主を見上げて。

「……ごめんなさい叔父さま……私……叔父さまに……」

「――――ミズィ」

「っ！」

「――涙を恥じる必要はない」

白スーツを着こなす金髪の当主が、ふっと微笑《ほほえ》んだ。

一切の穢《けが》れなき白いハンカチーフを取りだして。弱々しい手つきで、そのハンカチーフを夜明けの風に託すように手放して――

「過去のいつより美しい。もう立派な淑女《レディ》じゃないか」

「……叔父さま？」

太陽の王女が真っ赤な目で見上げるなか。

当主タリスマンは。

昇る太陽を背に、ゆっくりと仰向けに倒れていった。

Epilogue.1　『星月太陽』

帝国、第四州都ヴィスゲーテン。

オーメン研究所前――

「…………」

夜明けの陽に、瑠璃色の髪をきらきらと煌《きら》めかせて。

太陽の王女ミゼルヒビィは、両手を拘束された姿で立ち尽くしていた。拘束された手に、白のハンカチーフを握りしめて。

「私のことはどうでもいい。貴重な純血種の魔女でしょ、好きなだけ人体実験でも処刑でもなさい。でもあの二人は――」

そう口にする彼女が見つめる先には、二つの担架が。

当主タリスマン。

魔女ヴィソワーズ。

「あの二人だけは……生かしておく価値があるはずよ。あなたたちは災厄を恐れている。

あの二人は災厄に関わる貴重な研究資料《サンプル》で、証言者になる。生かしておきなさい」

「似たことをニュートン室長も言ってたよ」

振り向かない王女。

その横顔をまっすぐ見つめ、イスカは言葉を続けた。

「ただニュートン室長は『治療』すると言ってた。お前の言う人体実験でも拷問でもなく、歴《れっき》とした治療をするって」

「────」

二つの担架から目を離そうとしないミゼルヒビィ。それは彼女が、この瞬間が、今生の別れと覚悟していることの表れだろう。

「……で？」

太陽の王女が振り向いた。

極限まで星霊エネルギーを使い果たし、焦燥しきった顔つきで。

「私にそんな情報を与えて何になるの？　施しのつもり？　憐《あわ》れみのつもり？　私を安心させておいて、後から裏切る気？」

「不幸中の幸いだった」

「？」

「お前たちが災厄の小瓶《アンプル》しか眼中になかったこと。研究所の人間も人質にしただけで、余計な危害を加えなかった」

「……何が言いたいの」

ミゼルヒビィの眼差《まなざ》しに苛立《いらだ》ちが混じる。

星霊封じの手錠を見せつけるように、その両手を突きだして。

「勿体《もったい》ぶらずに言えばいい。どうせ私は何一つ抵抗できないんだから」

「じゃあ伝える」

懐《ふところ》から通信機を取りだす。

きょとんとする王女の見ている前で、イスカは通信機の通話記録を操作した。

「ついさっき僕宛てに届いたんだ。ミゼルヒビィ、お前へのメッセージだったよ」

「誰からよ？」

「天帝陛下」

イスカの通信機から届く声。

それは紛れもなく天帝ユンメルンゲンその人で――

〝やあ太陽の王女〟

〝お前の光輝《ちから》が必要なんだ。お前にすべての罪を拭う機会《チャンス》を与えてあげる〟

〝災厄を倒すことと引き換えに〟

＝＝＝

ネビュリス王宮。

夜明けの陽が差す女王の間は、ひんやりと涼しく、そして静まりかえっていた。

「……この部屋を訪れるの、本当に久しぶりですわ」

部屋の中央で。

シスベルは、何度も何度も、女王の間を見渡した。


〝第三王女シスベル、独立国家アルサミラへの遠征を命じます〟


あの時以来。

もう何年ぶりのような感覚さえ覚えるが、この燦々《さんさん》と差しこむ陽と瑞々《みずみず》しい観葉植物、そして花々に彩《いろど》られた聖なる空間は何一つ変わっていない。

一つ変化があったとすれば――

女王の命を狙った暴力事変《クーデター》があって以来、その反省から、この部屋の壁や床などがさらに強度を上げたということだろう。

「太陽《ヒュドラ》による一連の陰謀は、異端審問官に調査を命じました。シスベル、あなたが戻ってきてくれたおかげで立証に困ることはありません」

木漏れ日を見上げる女王。

その手には、シスベルが渡した木製の書簡が握られていた。

「これが天帝からの書簡で間違いありませんね」

「はい女王様《おかあさま》」

訝《いぶか》しげに目を細める女王に、シスベルはこくんと頷《うなず》いた。

間違いがあるわけない。天帝ユンメルンゲンから直接手渡しされた代物なのだから。

〝あ、そうだシスベル王女、お前に話があってだね〟

〝遣いを頼もうかな〟

「わたくしから一つ言えることがあります」

女王《はは》を見上げて。

「捉えどころのない人物ですが、この書簡に発信器をつけたり、爆弾を仕掛けたりするような者ではありません」

「……あなたがそこまで言うのなら」

女王が微苦笑。

緊張に唇を閉じたまま、書簡の蓋を開いていく。入っていたのは一枚の――

「白紙？」

「い、いいえ女王様《おかあさま》！」

何も描かれていない紙を凝視し、シスベルが指さした。

紙の中央に小さな光が灯《とも》り、それがゆっくりと紙の表面を進みだしたではないか。

「星霊光？　いったいどんな仕掛け……」

「こういう奴《やつ》なのですわ。天帝は、わたくしたちを驚かせるためだけにこんな凝った仕掛けを施す性格なのです」

星霊光が紙の表面を炙《あぶ》っていく。

描かれていくのは……。

「世界地図です女王様《おかあさま》！　そして大きな三つの『○』は星脈噴出泉《ボルテックス》と描かれてる……？

まさか星の中枢に続く穴！」

災厄の眠る「星のもっとも深い場所」。

そこに続く三つのルート。

帝都に生まれた世界最古の星脈噴出泉《ボルテックス》『星のへそ』。

大陸のはるか北端にある巨大星脈噴出泉《ボルテックス》『太陽航路《グレゴリオ》』。

そして三つ目は――


「……ユンメルンゲン、癪《しゃく》に障《さわ》る真似《まね》を」

ピシリッ
部屋の宙に亀裂が生じる。

真っ黒い糸のように線が走ったと思った瞬間には、空間が割れ、そこから強烈な突風が吹きだした。

「きゃっ⁉　な、何が⁉」

「シスベル、私の後ろに！」

女王の背に隠れる。

恐る恐る見上げた宙の亀裂で、シスベルは褐色の少女を見た。

「……始祖様？」

真珠色の髪をなびかせた少女。

せいぜい十二か十三の年齢だが、この少女こそ最古最大の星霊使いに他ならない。

「――――」

「……始祖様、お久しゅうございます」

始祖を見上げる女王。

恭《うやうや》しくはあれど、その声に緊張が混じっているのは、この始祖が何者にも制御できないことを知っているからだ。

嵐のようなもの。

迂闊《うかつ》に近づけば、この始祖は何者に対しても牙を剥《む》くだろう。

だが、なぜ突然に現れた？

イリーティアの召喚した虚構星霊《エイドス》を蹴散らし、イスカの師クロスウェルと共に何処《どこ》かへと消え去った。それが自分《シスベル》の記憶だ。


〝ユンメルンゲン。私は帝国を許す気はない〟

〝が……帝国より先に潰す相手ができた。せいぜい支度をしておけ〟


そう残して消えたはず。

そして今。

「……ユンメルンゲン。奴め、そこまで私を引き込みたいか」

始祖が大きく溜息《ためいき》。

と思いきやこちらを見下ろして、華奢《きゃしゃ》な手を伸ばしてきた。

「その書簡を渡せ。つまりはそういう事だ」

===

はるか遠き帝国領——

帝都の最奥《さいおう》に位置する天守府の、最深部にて。

「あいたたた！　ジン君、もうちょっと優しく手当てして！」

「これが俺にできる限界だ。諦めろ」

「諦めないでよ⁉」

天帝の間。

包帯だらけのミスミス隊長と、その治療にあたるジンを見守りながら。

「……ふぁ」

天帝ユンメルンゲンは、大きなアクビを噛《か》みつぶした。

「なあ星の意思。さすがのお前も力を貸してくれるのかい？　太陽の王女を引き込めるとすれば……始祖《エヴ》はどうせ気分屋だから放置するとして……」

宙を見つめる。

何もないはずの、その先で。

「もう一人」

天帝ユンメルンゲンは、諦めまじりに息を吐き出した。

「いや、あの魔人は動かないか。星を救うとかそういう行動原理じゃないからなあ」

Epilogue.2 『天の上、天の下、ただ一人――』

ネビュリス皇庁、中央州。

朝焼けに染まりつつある街並みの片隅、古びたホテルの一室で。

「…………」

白髪の美丈夫が、ベッドに腰かけていた。

明かりの一切を消した部屋。カーテンの隙間から零《こぼ》れる朝陽《あさひ》に照らされて、筋骨隆々とした裸の上半身がうっすらと照らしだされている。

「…………」

彼の手に握りしめられているのは、太陽を模したブローチだ。

太陽《ヒュドラ》の拠点『雪と太陽《スノウ・ザ・サン》』にて奪った至高の財。

〝目的はグレゴリオ秘文かしら〟

〝被検体《バケモノ》を生みだす太陽《ヒュドラ》の実験。俺が欲《ほっ》するのは原典だ〟

太陽《ヒュドラ》が冒した研究《つみ》のすべてが記録された、グレゴリオ秘文。その中身の解析はとうに終わっている。太陽《ヒュドラ》と八大使徒による「被検体」のこと。

さらにはそれ以上のことも——

「星の中枢に続く星脈噴出泉《ボルテックス》『太陽航路《グレゴリオ》』。そこに待ち構える星の悪夢たち……」

もしも。

仮にネビュリス皇庁の精鋭部隊が、災厄の打倒を掲げて太陽航路《グレゴリオ》を通過すれば——

壊滅する。

その精鋭部隊に、もしも「彼女」自らが向かうとすれば。

「…………」

ミシッ。

握りしめた掌《てのひら》の内側で、太陽を模したブローチが軋《きし》みを上げる。

「……くだらん」

腹立たしげに。

超越の魔人サリンジャーは、太陽のブローチを握りつぶしたのだった。

あとがき

〝星と月《あんたたち》は惑星……太陽がいてこそ輝けるのよ……〟

『キミと僕《ぼく》の最後《さいご》の戦場《せんじょう》、あるいは世界《せかい》が始《はじ》まる聖戦《せいせん》』（キミ戦）、14巻を手に取ってくださってありがとうございます。

思い起こせば。

一つ前の13巻で、あとがきにこんなことを書いていました。『皇庁の三王家「星《ルゥ》」「月《ソア》」「太陽《ヒュドラ》」にスポットをあてる回（前半）に――』。

今回はその後半回。キミ戦2巻で月《ソア》が登場し、5巻で太陽《ヒュドラ》が登場し……今ようやく、その象徴たる王女たちが真に輝きだした気がします。

月の王女キッシングが自立し。

太陽の王女ミゼルヒビィが光輝に目覚めて。

星の王女アリスリーゼが、おそらくは生涯でもっとも大きな決断に至って――

そんな三王女が向き合う未来を、ここからも見守って頂けたら幸いです。

そしてもう一つ。

本巻のカバーイラストでも語られていたように、三王家とは違う、もう一つの大きな因縁がひとまずの終わりを迎えました。

帝国隊長だった魔女シャノロッテ。

魔女になった帝国隊長ミスミス。

思えばこの因縁も月《ゾア》が登場した2巻から……あるいは百年前の初代女王から、連綿と続いてきた気がします。特にミスミスは二度目の表紙登場ですが、3巻の初表紙と比べ、激戦を経て装《よそお》いもボロボロの満身創痍《まんしんそうい》ではあるけれど、心なしか表情が晴れて大人びたなと。

この表情こそミスミスの成長の徴《しるし》だと思います。

三王家の激突ほどの激しさはないものの、帝国と皇庁の争いの縮図として、もしかしたら本巻の物語はこちらこそ本流だったのかもしれません。


さて、本編はこれくらいにしつつ――

アニメ『キミ戦』情報です。改めてのご報告ですが、第二期にあたるSeason IIが2023年放送に決定です。いよいよ見えてきたなあと……！

ご期待（以上）に応えられるアニメ続編になるよう頑張りますね！


もう一つシリーズのお知らせを。

ＭＦ文庫Ｊ『神は遊戯《ゲーム》に飢えている。』の最新6巻が、23年1月25日予定です！

こちらもアニメ化進行中で、最高に情熱あるスタッフ・キャストの皆様に恵まれました。

まだの方もこの機に原作から楽しんでもらえたら！


ではでは、謝辞です！

今回もお世話になった皆様へ。

猫鍋蒼《ねこなべあお》先生——ミスミスのカバーイラスト、珠玉の一枚でした！

3巻カバーからのミスミスの大人びた表情、そしてミスミスに宿った「彼女」の願いが感じられる、優しくて美しい雰囲気が最高でした！

アニメ続編に向けても、どうぞよろしくお願いします！

担当のＯ様——

原作小説はもちろん、アニメや舞台などメディアミックスのすべてに至るまでいつも本当にありがとうございます。来年も新たな挑戦に励んでいきますので、お力添えのほどよろしくお願いします！

そして最後に刊行予告を。

『キミ戦』15巻、23年春を予定しています。

『剣士イスカと魔女姫アリスの物語、第15幕。

帝国に会する「星《ルゥ》」「月《ソア》」「太陽《ヒュドラ》」の王女たち。ネビュリス皇庁の未来そのものたる少女たちに、最終選択の時が訪れる。

時同じくしてネビュリス皇庁――

女王宮に戻ったシスベルは、女王から一つの頼みを託された。

灯《ともしび》が描く過去。

それは一人の魔人と、戦闘人形と呼ばれた若き王女の物語。

拍手と喝采。そして慟哭《どうこく》に彩《いろど》られた三十年前――聖戦に至ることができなかった、もう一つの「キミと僕の最後の戦場」が幕を開ける』

あるいは裏の主人公、その過去と未来編です。どうかお見逃しなく！

というわけで――

まずは『神は遊戯《ゲーム》に飢えている。』6巻が、23年1月25日予定。

続いて『キミ戦』15巻も23年春を予定です。

両シリーズ、アニメと一緒に全力で進めていますので、どうかご期待いただけたら！

それでは、またお会いできますように！

あっという間に冬らしく　細音《さざね》啓《けい》

次回予告

なぜです！
なぜあんな真似をしたのです、サリンジャー！
……あなたを唯一の宿敵だと思っていた。
もっと一緒にいたかった。それを、なぜ穢したのですか！

幼き灯に照らされて——
女王ミラベアの前に、慟哭の舞台の幕が再び上がる。
これは『聖戦』に至れなかった二人の物語。

至高の魔女と最強の剣士の舞踏、第15幕。

もう目を背けはしない。私はあの日の真実と向かい合う！

キミと僕の最後の戦場、
あるいは世界が始まる聖戦 15

2023年春 発売予定

富士見ファンタジア文庫

キミと僕《ぼく》の最後《さいご》の戦場《せんじょう》、
あるいは世界《せかい》が始《はじ》まる聖戦《せいせん》14

令和４年12月20日　初版発行
令和６年６月５日　再版発行

著者――細音《さざね》　啓《けい》

発行者――山下直久
発　行――株式会社KADOKAWA
〒102-8177
東京都千代田区富士見2-13-3
0570-002-301（ナビダイヤル）
印刷所――株式会社KADOKAWA
製本所――株式会社KADOKAWA

ISBN978-4-04-074444-5 C0193 ◆◇◇

世界最強の
“不可能任務”に挑む少女たちの
痛快スパイファンタジー！
スパイ教室
竹町
illustration
トマリ

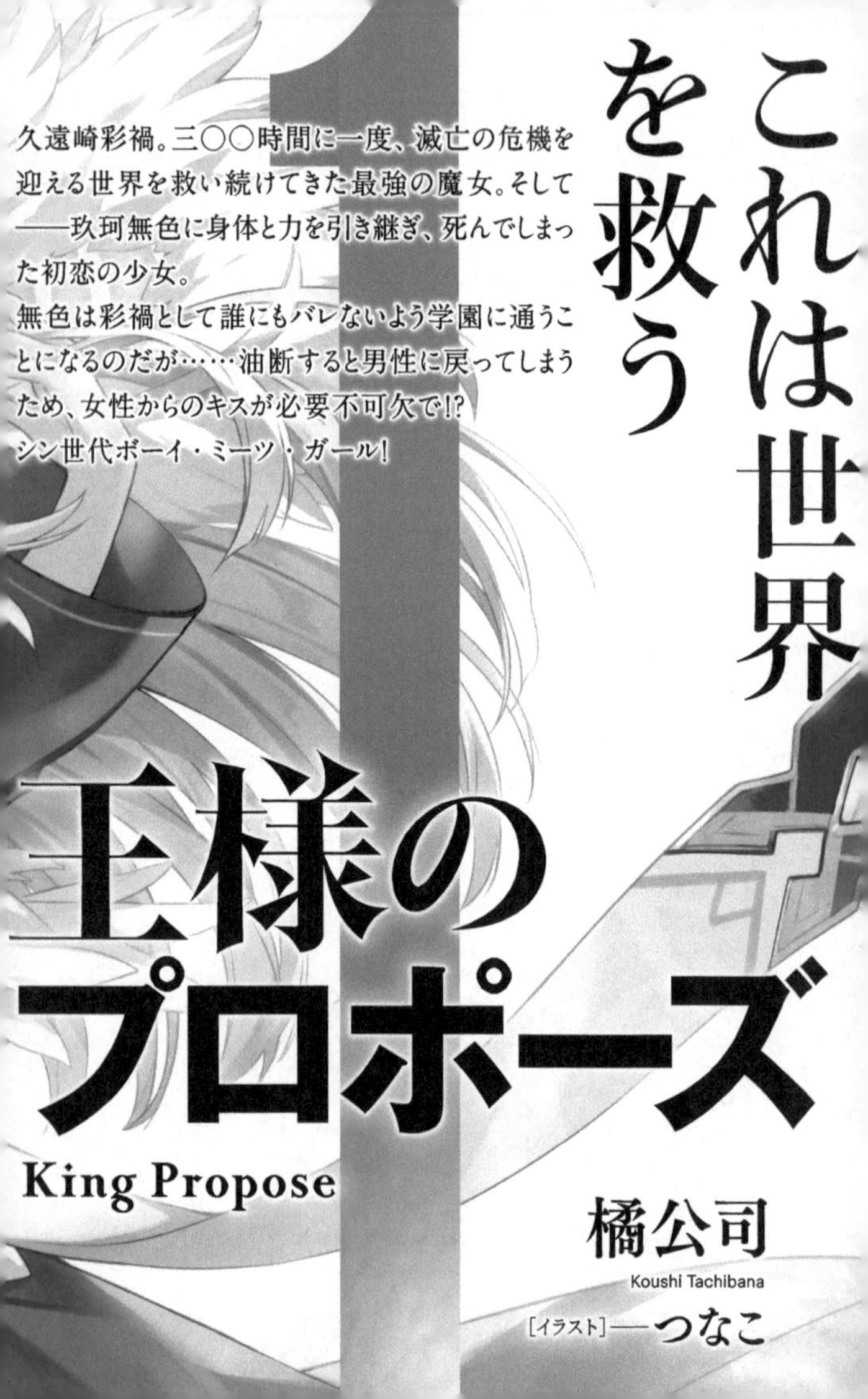

これは世界を救う

久遠崎彩禍。三〇〇時間に一度、滅亡の危機を迎える世界を救い続けてきた最強の魔女。そして——玖珂無色に身体と力を引き継ぎ、死んでしまった初恋の少女。

無色は彩禍として誰にもバレないよう学園に通うことになるのだが……油断すると男性に戻ってしまうため、女性からのキスが必要不可欠で!?

シン世代ボーイ・ミーツ・ガール!

王様のプロポーズ

King Propose

橘公司
Koushi Tachibana
[イラスト]——つなこ

最強の初恋
シリーズ
好評発売中!
ファンタジア文庫

ティナ
四大公爵家のひとつ、ハワード家に生まれた公女殿下。なぜか誰でも扱える程度の魔法すら使うことができない。
変えるはじめましょう
アレン
公爵令嬢ティナの家庭教師を務めることになった青年。魔法の知識·制御にかけては他の追随を許さない圧倒的な実力の持ち主。
発売中!

キミと僕の最後の戦場、あるいは世界が始まる聖戦
the War ends the world /

the War ends the world /
raises the world
キミと僕の最後の戦場、あるいは世界が始まる聖戦 14